A Carne

JÚLIO RIBEIRO

A Carne

Lafonte

Título – A Carne
Copyright da atualização © Editora Lafonte Ltda. 2019

ISBN 978-85-8186-361-0

Todos os direitos reservados.
Nenhuma parte deste livro pode ser reproduzida por quaisquer meios existentes sem autorização por escrito dos editores e detentores dos direitos.

Direção Editorial Ethel Santaella
Revisão Suely Furukawa / Rita Del Monaco
Diagramação Demetrios Cardozo
Imagem de capa Roman Nogin / Shutterstock

Dados Internacionais de Catalogação na Publicação (CIP)
(Câmara Brasileira do Livro, SP, Brasil)

Ribeiro, Júlio, 1845-1890
  A carne / Júlio Ribeiro. -- São Paulo : Lafonte, 2019.

  ISBN 978-85-8186-361-0

  1. Romance brasileiro I. Título.

19-26892   CDD-B869.3

Índices para catálogo sistemático:

1. Romances : Literatura brasileira   B869.3

Cibele Maria Dias - Bibliotecária - CRB-8/9427

Editora Lafonte

Av. Profª Ida Kolb, 551, Casa Verde, CEP 02518-000, São Paulo-SP, Brasil
Tel.: (+55) 11 3855-2100, CEP 02518-000, São Paulo-SP, Brasil
Atendimento ao leitor (+55) 11 3855-2216 / 11 – 3855-2213 – *atendimento@editoralafonte.com.br*
Venda de livros avulsos (+55) 11 3855-2216 – *vendas@editoralafonte.com.br*
Venda de livros no atacado (+55) 11 3855-2275 – *atacado@escala.com.br*

A Carne

Ao Príncipe do Naturalismo, *Emílio Zola.*

Aos meus amigos:
*Luiz de Mattos,
M.H. de Bittencourt,
J.V. de Almeida e Joaquim Elias;*

ao distinto fisiólogo
Dr. Miranda Azevedo

A. Mr. Emile Zola

Je ne suis pas téméraire, je n'ai pas la prétention de suivre vos traces; ce n'est pas prétendre suivre vos traces que d'écrere une pauvre étude tant soit peu natulaliste. On ne vous imite pas, on vous admire.

Nous nous échauffons, dit Ovide, quand le dieu que vit en nous s'agite: eh bien! Le tout petit dieu qui vit en moi s'est agité, et j'ai écrit *La Chair*.

Ce n'est pas *L'Assommoir*, ce n'est pas *La Curée*, ce n'est pas *La Terre*; mais, diantre! Une chandelle n'est pas le soleil, et pourtant une chandelle éclaire.

Quoiqu'il en soit, voici mon labeur.

Agréerez-vous la dédicace que je vous en fais? Pourquoi pas! Les rois, quoique gorgés de richesses, ne dédaignent pas toujours les chétifs cadeaux des pauvres paysans.

Permettez que je vous fasse mon hommage complet, lige, de serviteur féal en empruntant les paroles du poète florentin:

Tu duca, tu signore, tu maestro.

St. Paul, le 25 janvier 1888
Jules Ribéiro.

Ao Sr. Emile Zola

Não sou temerário, não tenho a pretensão de seguir suas pegadas: não é pretender seguir suas pegadas escrever um pobre estudo, embora bem pouco naturalista. Não o imito, o admiro.

Nós nos aquecemos, diz Ovídio, quando o deus que vive em nós se agita: pois bem! O pequeno deus que vive em mim se agitou e eu escrevi *A Carne*.

Não é *L'Assommoir (A Taberna),* não é *La Curée (O Regabofe), não é La Terre* (A Terra*);* mas, diabos! Uma vela não é o sol e, no entanto, uma vela ilumina.

De qualquer modo, aqui está meu trabalho.

O senhor aceitaria de bom grado a dedicatória que lhe fiz? Por que não? Os reis, embora cumulados de riquezas, nem sempre desdenham os míseros presentes dos pobres camponeses.

Permita que lhe preste minha homenagem completa, dedicada, de servidor leal, valendo-me das palavras do poeta florentino:

Tu condutor, tu senhor, tu mestre.

São Paulo, 25 de janeiro de 1888.
Júlio Ribeiro

CAPÍTULO I

O doutor Lopes Matoso não foi precisamente o que se pode chamar de um homem feliz.

Aos dezoito anos de sua vida, quando apenas tinha completado o seu curso de preparatórios, perdeu pai e mãe com poucos meses de intervalo.

Ficou-lhe como tutor um amigo da família, o coronel Barbosa, que o fez continuar com os estudos e formar-se em direito.

No dia seguinte ao da formatura, o honesto tutor passou-lhe a gerência da avultada fortuna que lhe coubera, dizendo:

– Está rico, menino, está formado, tem um bonito futuro diante de si. Agora é tratar de casar, de ter filhos, de galgar posição. Se eu tivesse filha, você já tinha noiva; não tenho, procure-a você mesmo.

Lopes Matoso não gastou muito tempo em procurar: casou-se logo com uma prima de quem sempre gostara e junto à qual viveu felicíssimo por espaço de dois anos.

Ao começar o terceiro, morreu a esposa, de parto, deixando-lhe uma filhinha.

Lopes Matoso vergou à força do golpe, mas, como homem forte que era, não se deixou abater de vez: reergueu-se e aceitou a nova ordem de coisas que lhe era imposta pela imparcialidade brutal da natureza.

Arranjou de modo seguro seus negócios, mudou-se para uma chácara que possuía perto da cidade, segregou-se dos amigos e passou a repartir o tempo entre o manusear de bons livros e o cuidar da filha.

Esta, graças às qualidades da ama que lhe foi dada, cresceu sadia e robusta, tornando-se desde logo a vida, a nota alegre do eremitério que se constituíra Lopes Matoso.

Visitas de amigos raras tinha ele, porque mesmo não as acoroçoava: convivência de família não tinha nenhuma.

Leitura, escrita, gramática, aritmética, álgebra, geometria, geografia, história, francês, espanhol, natação, equitação, ginástica, música, em tudo isso Lopes Matoso exercitou a filha porque em tudo era perito: com ela leu os clássicos portugueses, os autores estrangeiros de melhor nota, e tudo quanto havia de mais seleto na literatura do tempo.

Aos quatorze anos Helena – ou Lenita, como a chamavam – era uma rapariga desenvolvida, forte, de caráter formado e instrução acima do vulgar.

Lopes Matoso entendeu que era chegado o tempo de tornar a mudar de vida, e voltou para a cidade.

Lenita teve então ótimos professores de línguas e de ciências; estudou o italiano, o alemão, o inglês, o latim, o grego; fez cursos muito completos de matemáticas, de ciências físicas, e não se conservou estranha às mais complexas ciências sociológicas. Tudo lhe era fácil, nenhum campo parecia fechado a seu vasto talento.

Começou a aparecer, a distinguir-se na sociedade.

E não tinha nada de pretensiosa, *bas bleu:* modesta, retraída mesmo, nos bailes, nas reuniões em que não de raro se achava, ela sabia rodear-se de uma aura de simpatia, escondendo com arte infinita a sua imensa superioridade.

Quando, porém, algum bacharel formado de fresco, algum *touriste* recém-vindo de Paris ou de Nova York queria campar de sábio, queria fazer de oráculo em sua presença, então é que era vê-la. Com uma candura adoravelmente simulada, com um sorriso de desdenhosa bondade, ela enlaçava o pedante em uma rede de perguntas pérfidas, ia-o pouco a pouco estreitando em um círculo de ferro e, por fim, com o ar mais natural do mundo, obrigava-o a contradizer-se, reduzia-o ao mais vergonhoso silêncio.

Os pedidos de casamento sucediam-se: Lopes Matoso consultava a filha.

– É i-los despedindo, meu pai, respondia ela. Escusa que me consulte. Já sabe, eu não me quero casar.

– Mas, filha, olha que mais cedo ou mais tarde é preciso que o faças.

– Algum dia talvez, por enquanto não.

– Sabes que mais? Estou quase convencido de que errei e muito na tua educação: dei-te conhecimentos acima da bitola comum e o resultado é ver-te isolada nas alturas a que te levantei. O homem fez-se para a mulher, e a mulher para o homem. O casamento é uma necessidade, já não digo social, mas fisiológica. Não achas, de certo, homem algum digno de ti?

– Não é por isso, é porque ainda não sinto a tal necessidade do casamento. Se eu a sentisse, casar-me-ia.

– Mesmo com um homem medíocre?

– De preferência com um homem medíocre. Os grandes homens em geral não são bons maridos. Demais, se os tais senhores grandes homens escolhem quase sempre abaixo de si, por que eu, que, na opinião de papai, sou mulher superior, não faria como eles, escolhendo marido que me fosse inferior?

– Sim, para teres uns filhos palermas...

– Os filhos puxariam por mim: a filosofia genésica ensina que a hereditariedade direta do gênio e do talento é mais comum da mãe para o filho.

– E do pai para a filha, não?

– De certo, e por isso é que eu sou o que sou.

– Lisonjeira!

– Lisonjeiro é papai que quer à fina força que eu seja moça prodígio, e tanto tem feito que até eu já começo a acreditar. Voltando ao assunto, sobre casamento temos conversado, não falemos mais nisso.

E não falaram. Lopes Matoso ia despedindo os pretendentes com grandes afetações de mágoa – que a menina não queria casar, que era uma original, que ele bem a aconselhava, mas que era trabalho baldado, mil coisas enfim que suavizassem a repulsa.

Sempre no mesmo teor de vida chegou Lenita aos vinte e dois anos, quando um dia amanheceu Lopes Matoso a queixar-se de um mal-estar indescritível, de uma opressão fortíssima no peito. Sobreveio um acesso de tosse, e ele morreu de repente sem haver tempo de chamar um médico, sem coisa nenhuma. Matara-o uma congestão pulmonar.

Lenita quase enlouqueceu de dor: o imprevisto do sucedido, vácuo súbito e terrível que se fez em torno dela, a superioridade e cultura do seu espírito que refugia a consolações banais, tudo contribuía para acendrar-lhe o sofrimento.

Dias e dias passou a infeliz moça sem sair do quarto, recusando-se a receber visitas, tomando inconscientemente, a instâncias dos fâmulos, algum ligeiro alimento.

Por fim reagiu contra a dor pálida, muito pálida nas suas roupas de luto, ela apareceu aos amigos do pai, recebeu os pêsames fastidiosos do estilo, procurou por todos os meios afazer-se à vida solitária que se lhe abria, vida tristíssima, erma de afetos, povoada de lembranças dolorosas. Tratou de dar direção conveniente aos negócios da casa, e escreveu ao coronel Barbosa, avisando-o de que se retirava temporariamente para a fazenda dele.

Os negócios da casa nenhuma dificuldade oferecia: a fortuna de Lopes Matoso estava quase toda em apólices e ações de estradas de ferro. Sendo Lenita, com era, filha única, não havia inventário, não havia delonga alguma judicial.

A resposta do coronel Barbosa não se fez esperar – que fosse, que fosse quanto antes; que sua velha esposa entrevada folgara doidamente com a notícia de ir ter junto de si uma moça, uma companheira nova; que com eles só morava um filho único, homem já maduro, casado, mas desde muito separado da mulher, caçador, esquisitão, metido consigo e com os seus livros; enfim que se não demorasse com aprontações, que atabulasse, e que marcasse o dia para ele a ir buscar.

Uma semana depois estava Lenita instalada na fazenda do velho tutor de seu pai: tinha levado consigo o seu piano, alguns bronzes artísticos, algum bibelô curioso e muitos livros.

CAPÍTULO II

Pior do que na cidade, horrível foi a princípio o isolamento de Lenita na fazenda.

A velha octogenária, além de entrevada, era muito surda. O coronel Barbosa, pouco mais moço do que a mulher, sofria de reumatismo e, às vezes, passava dias e dias metido na cama. O filho, o divorciado, estava caçando havia meses no Paranapanema.

O trabalho da fazenda era dirigido por um administrador caboclo, homem afável, mas ignorantíssimo sobre tudo o que não dizia com a lavoura.

Lenita comia quase sempre só na vastíssima varanda; depois de almoçar ou de jantar ia conversar com o coronel, e fazia esforços incríveis para conseguir fazer-se ouvir da velha que, resignada e risonha, aumentava com a mão trêmula a concha da orelha para apanhar as palavras.

Tal entretenimento cansava a moça, e ela recolhia-se logo aos seus cômodos para ler, para procurar distrair-se.

Tomava um livro, deixava; tomava outro, deixava; era impossível a leitura.

Apertava-lhe, constringia-lhe o ânimo a lembrança do pai. E tudo lhe fazia lembrar – uma passagem marcada a unha em um livro, uma folha dobrada em outro.

Saía, ia de novo conversar, tornava a voltar, tornava a sair, era um inferno.

A mulher do administrador, carinhosa já por índole, recebera do patrão recomendações especiais a respeito de Lenita.

A todo o momento eram copos de leite quente, copos de garapa, café, doces, frutas.

Lenita ora recusava, ora aceitava uma ou outra coisa, indiferentemente, só por comprazer à boa mulher.

O coronel Barbosa dera a Lenita uma sala independente, um quarto amplo com duas janelas e uma alcova; pusera-lhe às ordens, para seu serviço especial, uma mulatinha esperta, de alta trunfa e cor deslavada, e também um molecote acaboclado, risonho, de dentes muito brancos.

Lenita, por vezes, passava horas e horas à janela, contemplando as dependências da fazenda.

Estava esta a meia encosta de um outeiro a cuja fralda corria um ribeirão. Em frente estendia-se o grande pasto. A monotonia de verdura clara era quebrada aqui e ali pelo sombrio da folhagem basta de alguns paus-d'alho, deixados propositadamente para sombra, e pelo amarelo sujo das reboleiras de sapé. Ao fundo, de um lado, em corte brusco, a mata virgem, escura, acentuada, maciça quase, confundindo em um só tom mil cores diversíssimas; de outro em colinas suaves, o verde-claro alegre e uniforme dos canaviais agitados sempre pelo vento; mais além, os cafezais alinhados, regulares, contínuos, como um tapete crespo, verde-negro, estendido pelo dorso da morraria. Em um ou outro ponto, a terra roxa de pedra de ferro, desnudada, punha uma nota estrídula de vermelho-escuro, de sangue coagulado.

E sobre tudo isso, azul, diáfano, puro, cetinoso, recurvava-se o céu em uma festa de luz branca, vivificante, mordente...

Quando se embruscava o tempo a paisagem mudava: o céu pardacento, carregado de nuvens plúmbeas, como que se abaixava, como que queria afogar a terra. O revestimento verde perdia o brilho, empanava-se, amortecia em um desfalecimento úmido.

Lenita deu em sair, em passear pelas cercanias, ora a pé, acompanhada pela mulata, ora a cavalo, seguida pelo rapazinho.

Mas o exercício, a pureza do ar, a liberdade do viver da roça, nada lhe aproveitou.

Uma languidez crescente, um esgotamento de forças, uma prostração quase completa ia-se apoderando de todo o seu ser: não lia, o piano conservava-se mudo.

Com a morte do pai, parecia ter-se-lhe transformado a natureza: já não era forte, já não era viril como em outros tempos. Tinha medo de ficar só, tinha terrores súbitos.

Ia para o quarto da entrevada, recostava-se em uma cadeira preguiçosa e aí se deixava ficar quieta horas e horas, mal respondendo às perguntas solícitas do coronel.

Quando voltava para os seus aposentos, tomada em caminho por um pavor inexplicável, agarrava-se trêmula à mulata.

Não podia comer, tinha um fastio desolador, cortado por desejos violentos de coisas salgadas, de coisas extravagantes.

Sobrevieram-lhe salivações constantes, vômitos biliosos quase incoercíveis. Uma manhã não se pôde levantar.

Acudiram apressados o coronel e a mulher do administrador; abeiraram-se do leito, instando com a enferma para que tomasse um chá de erva-cidreira, um remédio qualquer caseiro, enquanto não vinha o médico que se tinha mandado chamar a toda a pressa.

Quando este chegou estava Lenita abatidíssima: emaciada, lívida, com os olhos afundados em uma auréola cor de bistre, comprimia o peito, estertorava sufocada. Uma como bola subia-lhe do estômago, chegava-lhe à garganta, estrangulava-a. No alto da cabeça, um pouco para a esquerda tinha uma dor circunscrita, fixa, lancinante, atroz: era como se um prego aí estivesse cravado.

E seu sistema nervoso estava irritadíssimo: o mais ligeiro ruído, o jogo de luz produzido pelo abrir da porta arrancava-lhe gritos.

O doutor Guimarães, médico já velho, de fisionomia inteligente e bondosa, aproximou-se da cama, examinou a enferma detidamente, em silêncio, sem tomar-lhe o pulso, sem incomodá-la na mínima coisa, baixando-se muito, com as mãos cruzadas nas costas, para ouvir-lhe a respiração, para escutar-lhe os gemidos, para atentar-lhe nas contrações da face.

– Quando começou isto, coronel? – perguntou.

– Doente tem ela estado desde que aqui chegou, mas assim, ruim, é só hoje.

– Sufoco! Acudam-me! – gritou de repente Lenita e, revolvendo-se, escoucinhando, dilacerava a camisa com as mãos ambas, arranhava o peito. Um rubor súbito, vivíssimo, colorira-lhe o rosto, brilhavam-lhe os olhos de modo insólito.

– Sei o que isto é, disse o médico; tenho pela frente um conhecido velho, não me dá cuidado, volto já.

E saiu.

Poucos minutos depois reapareceu, trazendo uma seringuinha de Pravaz.

– Dê-me o braço, minha senhora, vou fazer-lhe uma injeção, e verá como daqui a pouco nada mais há de sentir.

Lenita estendeu a custo o braço nu, e o doutor, tomando-o, pôs-se a beliscá-lo morosamente, demoradamente, em um lugar só, na altura do bíceps; depois segurando a parte malaxada entre o dedo índice e o polegar da mão esquerda, com a direita fez penetrar por baixo da pele a agulha do instrumento e, calcando no cabo do pistão, injetou todo o conteúdo do tubo de vidro.

Lenita, apesar de seu estado de irritabilidade nervosa, nem pareceu sentir.

O efeito foi pronto. Dentro de pouco tempo as faces descoraram, cessaram as crispações nervosas dos membros, cerraram-se os olhos, e um suspiro de alívio intumesceu-lhe o peito.

Adormeceu.

– Deixemo-la assim, disse o médico, deixemo-la dormir, quando acordar estará boa. Todavia vou receitar: não dispenso para estes casos o meu brumoreto de potássio.

E saíram nos bicos dos pés. Junto de Lenita ficou a mulher do administrador.

CAPÍTULO III

Realizou-se o prognóstico do médico.

Lenita, após um comprido sono, acordou calma, com os nervos sossegados, com os músculos distendidos, soltos. Mas estava abatida, mole, queixava-se de peso na cabeça, de grande cansaço. Passou dois dias na cama, e só ao terceiro pôde levantar-se.

O apetite foi voltando aos poucos, e suas refeições foram sendo tomadas com prazer, a horas regulares.

Podia-se dizer que entrara em convalescença do cataclismo orgânico produzido pela morte do pai.

E Lenita sentia-se outra, feminizava-se. Não tinha mais gostos viris de outros tempos, perdera a sede de ciência: de entre os livros que trouxera procurava os mais sentimentais. Releu Paulo e Virgínia, o livro quarto da Eneida, o sétimo do Telêmaco. A Fome Picaresca de Lazarilho de Tormes fê-la chorar.

Tinha uma vontade esquisita de dedicar-se a quem quer que fosse, de sofrer por um doente, por um inválido. Por vezes lembrou-lhe que, se casasse, teria filhos, criancinhas que dependessem de seus carinhos, de sua solicitude, de seu leite. E achava possível o casamento.

A imagem do pai ia-se esbatendo em uma penumbra de saudade que ainda era dolorosa, mas que já tinha encanto.

Passava horas e horas junto da entravada, conversava com o coronel, por vezes ria.

– Isto vai melhor, muito melhor, dizia o bom do homem. É pôr-se você por aí alegre, filhinha. O mundo é assim mesmo: o que não tem remédio remediado está.

Uma tarde, achando-se só em sua sala, Lenita sentiu-se tomada de uma languidez deliciosa, sentou-se na rede, fechou os olhos e entregou-se à modorra branda que produzia o balanço.

Em frente, sobre um console, entre outros bronzes que trouxera, estava uma das reduções célebres de Barbedienne, a da estátua de Agasias, conhecida pelo nome de Gladiador Borghese.

Um raio mortiço de sol poente, entrando por uma frincha da janela, dava de chapa na estátua, afogueava-a, como que fazia correr sangue e vida no bronze mate.

Lenita abriu os olhos. Atraiu-lhe as vistas o brilho suave do metal ferido pela luz.

Ergueu-se, acercou-se da mesa, fitou com atenção a estátua: aqueles braços, aquelas pernas, aqueles músculos ressaltantes, aqueles tendões retesados, aquela virilidade, aquela robustez, impressionaram-na de modo estranho.

Dezenas de vezes tinha ela estudado e admirado esse primor anatômico em todas as suas minudências cruas, em todos os nadas que constituem a perfeição artística, e nunca experimentara o que então experimentava.

A cerviz taurina, os bíceps encaroçados, o tórax largo, a pélvis estreita, os pontos retraídos das inserções musculares da estátua, tudo parecia corresponder a um ideal plástico que lhe vivera sempre latente no intelecto, e que despertava naquele momento, revelando brutalmente a sua presença.

Lenita não se podia arredar, estava presa, estava fascinada.

Sentia-se fraca e orgulhava-se de sua fraqueza. Atormentava-a um desejo de coisas desconhecidas, indefinido, vago, mas imperioso, mordente. Antolhava-se-lhe que havia de ter gozo infinito se toda a força do gladiador se desencadeasse contra ela, pisando-a, machucando-a, triturando-a, fazendo-a em pedaços.

E tinha ímpetos de comer de beijos as formas masculinas estereotipadas no bronze. Queria abraçar-se, queria confundir-se com elas. De repente corou até a raiz dos cabelos.

Em um momento, como por uma intuscepção súbita, aprendera mais sobre si própria do que em todos os seus longos estudos de fisiologia. Conhecera que ela, a mulher superior, apesar de sua poderosa mentalidade, com toda a sua ciência, não passava, na espécie, de uma simples fêmea, e que o que sentia era o desejo, era a necessidade orgânica do macho.

Invadiu-a um desalento imenso, um nojo invencível de si própria.

Robustecer o intelecto desde o desabrochar da razão, perscrutar com paciência, aturadamente, de dia, de noite, a todas as horas, quase todos departamentos do saber humano, habituar o cérebro a demorar-se sem fadiga na análise sutil dos mais abstrusos problemas da matemática transcendental, e cair de repente, com os arcanjos de Milton, do alto do céu no lodo da terra, sentir-se ferida pelo aguilhão da carne, espolinhar-se nas concupiscências do cio, como uma negra boçal, como uma cabra, como um animal qualquer... era a suprema humilhação.

Fez um esforço enorme, arrancou-se do feitiço que a dementava, e, vacilante, encostando-se aos móveis e às paredes, recolheu-se ao seu quarto, fechou com dificuldade as janelas, atirou-se vestida sobre a cama. Jazeu imóvel largo espaço.

Uma umidade morna, que se lhe ia estendendo por entre as coxas, fê-la erguer-se de súbito, em reação violenta contra a modorra que a prostrara.

Com movimentos sacudidos, nervosos, atirou o xale, desabotoou rápida o corpete, arrebentou os coses da saia preta e das anáguas, ficou em camisa.

Uma larga mancha vermelha, rútila, viva, maculava a alvura da cambraia.

Era a onda catamenial, o fluxo sanguíneo da fecundidade que ressumava de seus flancos robustos como da uva esmagada jorra o mosto rubejante.

Mais de cem vezes já a natureza se tinha assim nela manifestado, e nunca lhe causara o que ela então estava sentindo.

Quando aos quatorze anos, após um dia de quebramento e cansaço, se mostrara o fenômeno pela vez primeira, ela ficara louca de terror, acreditara-se ferida de morte e, com a impudicícia da inocência, correra em gritos para o pai, contara-lhe tudo.

Lopes Matoso procurara sossegá-la – que não era nada; que isso se dava com todas as mulheres; que evitasse molhadelas, sol, sereno, que dentro de três dias, ou de cinco ao mais tardar, havia de estar boa, que se não assustasse da repetição todos os meses.

Com o tempo, os livros de fisiologia acabaram de a edificar. Em Küss aprendera que a menstruação é uma muda epitelial do útero, conjunta por simpatia com a ovulação, e que o terrível e caluniado corrimento é apenas uma consequência natural dessa muda.

Resignara-se, afizera-se a mais esta imposição do organismo, assim como já estava afeita a outras. Somente, para estudo de si própria, começara de marcar, com estigmas de lápis vermelho, em calendariozinhos de algibeira, as datas dos aparecimentos.

Anoiteceu.

A mulata a veio chamar para a ceia. Encontrou-a deitada, encolhida, aconchegando-se nas roupas.

Perguntou-lhe se estava doente, ao saber que efetivamente o estava, saiu, avisou o senhor, trouxe as suas cobertas e travesseiros, arranjou uma cama no tapete, ao pé do leito, quedou-se solícita para o que fosse preciso.

O coronel, cheio de cuidados, veio à porta do quarto interrogar Lenita.

– Que não era nada, respondeu ela, que aquilo não passava de uma indisposição sem consequências, que havia de acordar boa no dia seguinte.

– Menina, você sabe que agora seu pai sou eu. Se precisar de alguma coisa, franquezinha, mande-me chamar a qualquer hora, não receie me incomodar. A pobre da velha lá está aflita, amaldiçoando o tolhimento que a faz não prestar para nada. Não quererá você um chá de salva, um pouco de vinho quente?

– Obrigada, não quero coisa nenhuma.

– Bem, bem, já a deixo em paz. Até amanhã. Procure dormir.

E saiu.

Lenita adormeceu. A princípio foi um dormitar interrompido, irrequieto, cortado de pequenos gritos. Depois apoderou-se dela um como langor, um êxtase que não era bem vigília, e que não era bem sono. Sonhou ou antes viu que o gladiador avolumava-se na sua peanha, tomava estatura de homem, abaixava os braços, endireitava-se, descia, caminhava para o seu leito, parava à beira, contemplando-a detidamente, amorosamente.

E Lenita rolava com delícias no eflúvio magnético do seu olhar, como na água deliciosa de um banho tépido.

Tremores súbitos percorriam os membros da moça; seus pelos todos hispidavam-se em uma irritação mordente e lasciva, dolorosa e cheia de gozo.

O gladiador estendeu o braço esquerdo, apoiou-se na cama, sentou-se a meio, ergueu as cobertas, e sempre a fitá-la, risonho, fascinador, foi-se recostando suave até que se deitou de todo, tocando-lhe o corpo com a nudez provocadora de suas formas viris.

O contato não era o contato frio e duro de uma estátua de bronze; era o contato quente e macio de um homem vivo.

E a esse contato apoderou-se de Lenita um sentimento indefinível; era receio e desejo, temor e volúpia a um tempo. Queria, mas tinha medo.

Colaram-se-lhe nos lábios os lábios do gladiador, seus braços fortes enlaçaram-na, seu amplo peito cobriu-lhe o seio delicado.

Lenita ofegava em estremeções de prazer, mas de prazer incompleto, falho, torturante. Abraçando o fantasma de sua alucinação, ela revolvia-se como uma besta-fera no ardor do cio. A tonicidade nervosa o erotismo, o orgasmo, manifestava-se em tudo, no palpitar dos lábios túmidos, nos bicos dos seios cupidamente retesados. Em uma convulsão desmaiou.

CAPÍTULO IV

Lenita voltava à saúde a olhos vistos.

Levantava-se cedo, tomava um copo de leite quente, dava um passeio pelo campo, almoçava com apetite, depois do almoço sentava-se ao piano, tocava com brio peças marciais, alegres, movimentadas, de ritmo sacudido.

Ia ao pomar, comia frutas, trepava em árvores.

Jantava, ceava, deitava-se logo depois da ceia, levava a noite de um sono.

Tornara-se garrida: mirava-se muito ao espelho, cuidava com impertinência do alinho do vestir, ornava os cabelos, que eram muito pretos, com flores de cor muito viva.

Abusava de perfumes: a sua roupa branca recendia a vetiver, a sândalo, a ixora, a *Peau d'Espagne*.

Corria, saltava, fazia longas excursões a cavalo, quase sempre a galope, estimulando o animal com o chicotinho, com o chapéu, de faces rubras, brilhantes os olhos, cabelos soltos ao vento.

Caçava.

Um dia calmoso, depois do almoço, tomou uma espingardinha Galand de que habitualmente usava, atravessou o pasto, enfiou por um carreadouro sombrio, através de um vasto trato de mata virgem.

Seguiu distraída, em cisma, avançou muito, foi longe.

De repente prendeu-lhe a atenção um murmurejar de águas, doce, monótono, à esquerda.

Tinha sede, teve desejo de beber, tomou para lá, seguindo uma trilha estreita.

Parou assombrada ante o cenário majestoso que a pouca distância se lhe adregou.

No fundo de uma barroca muito vasta erguia-se um paredão de pedra negra, musgoso, talhado a pique: por sobre ele atirava-se um jorro de água que ia formar no talvegue da barroca um lagozinho manso, profundo, cristalino.

Escadeando por sobre o açude natural que fechava a barroca pelo lado, baixo, derivava-se a água, sonorosa, fugitiva.

No espelho calmo do lago refletia-se a vegetação luxuriante que o emoldurava.

Perobas gigantescas de fronte escura e casca rugosa; jequitibás seculares, esparramando no azul do céu a expansão verde de suas copadas alegres; figueiras brancas de raízes chatas, protraídas a estender ao longe, horizontalmente, os galhos desconformes como grandes membros humanos aleijados; canchins de folhas espinhentas, a destilar pelas fibras do córtex vermelho-escuro um leite cáustico, venenoso; guaratãs esbeltos, lisos no tronco, muito elevados; taiovas claras; paus-d'alho verde-negrosos, viçosíssimos, fétidos; guaiapás perigosos abrolhados em acúleos lancinantes e peçonhentos; mil lianas, mil trepadeiras, mil orquídeas diversas, de flores roxas, amarelas, azuis, escarlates, brancas –, tudo isso se confundia em uma massa matizada, em uma orgia de verdura, em um deboche de cores que excedia, que fatigava a imaginação. O sol, dardejando feixes luminosos por entre a folhagem, mosqueava o solo pardo de reflexos verdejantes.

Insetos multicolores esvoaçavam zumbindo, sussurrando. Um sorocoá bronzeado soltava de uma caneleira seu sibilo intercadente.

Uma exalação capitosa subia da terra, casava-se estranhamente à essência sutil que se desprendia das orquídeas fragrantes: era um misto de perfume suavíssimo de cheiro áspero de raízes de seiva, que relaxava os nervos, que adormecia o cérebro.

Lenita hauriu a sorvos largos esse ambiente embriagador, deixou-se vencer dos amavios da floresta.

Apoderou-se dela um desejo ardente, irresistível, de banhar-se nessa água fresca, de perturbar esse lago calmo.

Circunvolveu os olhos, perscrutou toda a roda, a ver se alguém a poderia estar espreitando.

– Tolice! – pensou – o coronel não sai, o administrador e os escravos estão no serviço, no cafezal, não há ninguém de fora na fazenda. Demais, nem isto é caminho. Estou só, absolutamente só.

Depôs a espingarda e junto dela o chapéu de palha, de abas largas, que a protegia nesses passeios, começou a despir-se.

Tirou o paletozinho, o corpete espartilhado, depois a saia preta, as anáguas.

Em camisa, baixou a cabeça, levou as mãos à nuca para prender as tranças e, enquanto o fazia, remirava complacente, no cabeção alvo, os seios erguidos, duros, cetinados, betados aqui e ali de uma veiazinha azul.

E aspirava com delícias, por entre os perfumes da mata, o odor de si própria o cheiro bom de mulher moça que se exalava do busto.

Sentou-se, cruzou as pernas, desatou os cordões dos borzeguins Clark, tirou as meias, afagou corrente, demoradamente, os pezinhos os breves em que se estampara tecido fino do fio de Escócia. Ergueu-se, saltou das anáguas, retorceu-se um pouco, deixou cair a camisa. A cambraia achatou-se em dobras moles, envolvendo-lhe os pés.

Era uma formosa mulher.

Morena-clara, alta, muito bem lançada, tinha braços e pernas roliças, musculosas, punhos e tornozelos finos, mãos e pés aristocraticamente perfeitos, terminados por unhas róseas, muito polidas. Por sob os seios rijos, protraídos, afinava-se o corpo na cintura para alargar-se em uns quadris amplos, para arredondar-se de leve em um ventre firme, ensombrado inferiormente por velo escuro abundantíssimo. Os cabelos pretos com reflexões azulados caíam em franjinhas curtas sobre a testa indo frisar-se lascivamente na nuca. O pescoço era proporcionado, forte, a cabeça pequena, os olhos negros vivos, o nariz direito, os lábios rubros, os dentes alvíssimos, na face esquerda tinha um sinalzinho de nascença, uma pintinha muito escura, muito redonda.

Lenita contemplava-se com amor-próprio satisfeito, embevecida, louca de sua carne. Olhou-se, olhou para o lago, olhou para a selva, como reunindo tudo para formar um quadro, uma síntese.

Acocorou-se faceiramente, assentou a nádega direita sobre o calcanhar direito, cruzou os braços sobre o joelho esquerdo erguido, lembrando, reproduzindo a posição conhecida da estátua de Salona, da *Venus Accroupie*.

Esteve, esteve assim muito tempo: de repente deu um salto, atufou-se na água, surgiu, começou a nadar.

O lago era profundo, mas estreito. Lenita ia e vinha, de uma margem para a outra, do paredão ao açude, do açude ao paredão. Passava por sob o jorro e dava gritos de prazer e de susto ao choque duro da massa líquida sobre o seu dorso acetinado.

Virava de costas e deixava-se boiar, com as pernas estendidas, com o ventre para o céu, com os braços alargados, movendo as mãos abertas, vagarosamente, por baixo da água.

Voltava-se e recomeçava a nadar, rápida como uma flecha.

Um calafrio avisou-a de que era tempo de sair da água.

Saiu com o corpo arrepiado, gélido, a tiritar. Quedou-se ao sol, em uma aberta, esperando a reação do calor, soltando, torcendo, sacudindo os cabelos. De seu corpo desprendia-se um vaporzinho sutil, uma aura tênue, que a envolvia toda.

O calor do sol e o seu próprio calor enxugaram-na de pronto. Vestiu-se, espalhou pelas costas os cabelos ainda molhados, pôs o chapéu, tomou a espingarda, e partiu para casa, a correr, trauteando um trecho dos Sinos de Corneville.

– Oh! Meus pecados! – gritou o coronel ao vê-la chegar, alegre, risonha, com os cabelos úmidos. Pois o é esta louquinha que se foi banhar no poço do paredão!

Aquilo é água gelada... Com certeza pilhou um formidável resfriamento!

– O que eu pilhei foi um formidável apetite: hoje ao jantar hei de comer por quatro.

– Ó moleque, anda, vai, traz conhaque lá de dentro, depressa.

– O coronel vai beber conhaque?

– Você vai beber conhaque.

– Nunca provei tal coisa.

– Pois agora há de prová-lo, é o único meio de fazermos as pazes.

Veio o conhaque, um conhaque genuíno, velho, de 1848. Lenita bebeu um calicezinho, tossiu. Lacrimejaram-lhe os olhos, achou forte, mas gostou; repetiu.

CAPÍTULO V

Chegara o dia de principiar a moagem.

Já de véspera tinham os negros andado em uma faina a varrer a casa no engenho, a lavar os cochos e as bicas, a arear, a polir as caldeiras e o alambique, com grandes gastos de limão e cinza.

Mal amanhecera entrou-se a ver no canavial fronteiro uma fita estreita de emurchecimento que aumentava, que avançava gradualmente no sentido da largura. Era o corte que começara. As roupas brancas de algodão, as saias azuis das pretas, as camisas de baeta vermelha dos pretos punham notas vivas, picantes, naquele oceano de verdura clara, agitadas por lufadas de vento quente.

No casarão do engenho, varrido, asseado, quatro caldeiras e o alambique de cobre vermelho reverberavam polidos, refletindo a luz que entrava pelas largas frestas. As fornalhas afundavam-se lôbregas, escancarando as grandes bocas gulosas.

A água, ainda presa na calha, espirrava pelas juntas da comporta sobre as línguas da roda, em filetes cristalinos. As moendas brilhavam limpas, e os eixos e endentações luziam negros de graxa. Compridos cochos e vasta resfriadeira abriam os bojos amplos, absorvendo a luz no pardo fosco da madeira muito lavada.

Ao longe, quase indistinto a princípio, mas progressivamente acentuado, fez-se ouvir um chiar agudo, contínuo, monótono, irritante. A crioulada reunida em frente ao engenho levantou uma gritaria infrene, tripudiando de júbilo.

Eram os primeiros carros de canas que chegavam.

Arrastados pesadamente por morosos, mas robustos bois de grandes aspas, avançavam os ronceiros veículos estalando, gemendo, sob a carga enorme de grossas e compridas canas, riscadas de verde e roxo.

Carreiros negros, altos, espadaúdos, cingidos na altura dos fins por um tirador de couro cru, estimulavam, dirigiam os ruminantes com longas aguilhadas, com brados estentóricos:

– Eia, Lavarinto! Fasta, Ramalhete! Ruma, Barroso!

Os carros entraram no compartimento das moendas. Negros ágeis saltaram para cima deles, a descarregar. Em um momento empilharam-se as canas, de pé, atadas em feixe com as próprias folhas.

Fez-se fogo na fornalha das caldeiras, abriu-se a comporta da calha, a água despenhou-se em queda violenta sobre as línguas da roda, esta começou de mover-se, lenta a princípio, depois acelerada.

Cortando os atilhos de um feixe a golpes rápidos de facão, o negro moedor entregou as primeiras canas ao revolver dos cilindros. Ouviu-se um estalejar de fibras esmagadas, o bagaço vomitado picou de branco o desvão escuro em que giravam as moendas, a garapa principiou a correr pela bica em jorro farto, verdejante. Após pequeno trajeto foi cair no cocho grande, marulhosa, gorgolante, com grande espumarada resistente.

Os negros banqueiros, empunhando espumadeiras de compridos cabos, tomaram lugar junto às caldeiras.

Levada por uma bica volante, a garapa encheu-os em um átomo. A fornalha esbraseou-se, escandesceu, irradiando um calor doce por toda a vasta quadra. As espumadeiras destras atiravam ao ar em louras espadanas o melaço fumegante, que tornava a cair nas caldeiras, refervendo, aos gorgolões.

Dominava no ambiente aroma suave, sacarino, cortando espaços por uma lufada tépida de cheiro humano áspero, de catinga sufocante exalada dos negros em suor.

O coronel gostava da lavoura de cana; vencendo o seu reumatismo, passava os dias da moagem sentado em um banco de cabriúva alto, largo, fixo entre duas janelas, a distância razoável das caldeiras. Dirigia o trabalho, tomando o ponto ao melaço em um tachinho de cobre muito limpo, muito areado, remexendo com uma pá o açúcar na esfriadeira, quando este, transvazado os reminhóis por uma bica volante especial, aí parava, coalhando-se por cima em crosta amarela, quebradiça.

Lenita não saía do engenho; tudo queria ela saber, de tudo se informava.

O coronel passava por verdadeiros interrogatórios – quais os meses do plantio da cana; que tempo levava esta na terra até ficar pronta para o corte; quando e quantas vezes devia ser carpida; como se cortava; que era baixar, que era levantar o podão; quais os sinais de maturidade; como se conhecia a cana passada; que era carimar; por que tinha menos viço e mais doçura a cana de terra safada; como se plantavam as pontas.

Entrava em detalhes de lavoura, tomava notas; sabia que um alqueire agrário paulista tem cem braças por cinquenta; que a quarta parte dessa área, em relação à lavoura de canas, chama-se quartel; que um quartel de terra própria, em anos favoráveis, dá de quarenta a cinquenta carros de canas; que um carro de canas boas produz cinco arrobas de açúcar; que o açúcar sem barro, mascavo, faz mais conta em comércio do que o açúcar com barro, alvo; que o barro é suprido com vantagem pelo estrume bovino.

Subia ao tendal, contava as formas, duas em cada pau; computava o produto em açúcar das quatro tarefas de cada dia; calculava o que haviam de produzir, em aguardente, os resíduos, a espuma, o mel; avaliava a capacidade dos caixões, dos estanques, dos vasos de tanoa de grande arqueação; punha-se ao fato dos preços; comparava os do ano corrente com os dos nove anos anteriores do decênio; generalizava, induzia, chegava a conclusões positivas sobre a renda do município em futuro próximo, dada mesmo a eliminação do fator servil.

O coronel admirava-a. Um dia disse-lhe:

– Com uma mulher como você é que eu devia ter casado. Pobre eu não sou, mas estaria podre de rico se a tivesse tido para minha administradeira desde os meus princípios. Inda se eu tivesse um filho ou um neto da sua idade para se casar com você...

– Por falar em filho, quando vem o seu que está em Paranapanema? – perguntou Lenita.

– Eu sei lá? Aquilo é esquisitão, sempre foi. Mete-se com os livros e fica meses sem sair do quarto. De repente vira-lhe a mareta, e lá se vai ele para o sertão, põe-se a caçar e adeus! Não se lembra mais de nada.

– É casado, parece-me ter ouvido dizer.

– Desgraçadamente.

– Onde está a mulher?

– Na terra dela, em França.

– Com que, então, é francesa?

– É, ele casou-se por extravagância em Paris; no fim de um ano nem ele podia suportar a mulher, nem ela a ele. Separaram-se.

– Não sabia que seu filho tinha estado na Europa.

— Esteve, esteve lá dez anos; quando voltou até já falava mal o português.
— Em que países esteve?
— Um pouco em toda a parte: esteve na Itália, na Áustria, na Alemanha, em França. Na Inglaterra foi que parou mais tempo: demorou-se lá, aprendendo com um tipão que afirma que nós somos macacos.
— Darwin?
— Exatamente.
— Então seu filho é homem muito instruído?
— É, fala umas poucas línguas, e conhece bastantes ciências. Sabe até medicina.
— Deve ser muito agradável a sua companhia.
— Há ocasiões em que é de fato, há outras em que nem o diabo o pode aturar. Está então com uma coisa que ele chama em inglês... um nome arrevesado.
— *Blue devils?*
— Há de ser isso. Então você também pesca um pouco da língua dos bifes?
— Falo inglês sofrivelmente.
— Bem bom, quando Manduca vier e estiverem de veneta, temperarão língua para matar o tempo.
— Estimarei muito ter ocasião de praticar.

E Lenita daí em diante pensou sempre, mesmo a seu pesar, nesse homem excêntrico que, tendo vivido por largo espaço entre os esplendores do mundo antigo, a ouvir os corifeus da ciência, a estudar de perto as mais subidas manifestações do espírito humano; que, tendo desposado por amor, de certo, uma das primeiras mulheres do mundo, uma parisiense, se deixara vencer de tédio a ponto de se vir encafuar em uma fazenda remota do oeste da província de São Paulo, e que, como isso lhe não bastasse, lá ia para o sertão desconhecido a caçar animais ferozes, a conviver com bugres bravos.

Sabia que era homem de quarenta e tantos anos, pouco mais moço do que lhe morrera o pai.

Figurava-o em uma virilidade robusta que, se já não era mocidade, ainda não era velhice; emprestava-lhe uma plástica fortíssima, atlética, a do torso do Belvedere; dava-lhe uns olhos negros, imperiosos, profundos, dominadores. Ansiava por que lhe chegasse a notícia de que ele vinha vindo, de que já tinha pedido os animais para transportar-se da estação à fazenda.

E continuava na sua alegria progressiva: a saudade do pai já não era dolorosa, era apenas melancólica.

Bebia garapa, mas preferia-a picada. Gostava muito de chupar canas: que era melhor do que garapa, dizia; que a cana descascada, torneada a canivete, triturada pelos dentes tinha um frescor, uma doçura especial, que o esmagamento pelas moendas lhe tirava.

Detestava o furu-furu, mas em compensação adorava o ponto, o puxa-puxa. Quando o melaço começava na esfriadeira a engrossar, a cobrir-se de espuma amarela, ela corria-lhe o índice da mão direita pela superfície quente, tirava uma dedada grande, lambia-a com prazer dando estalinhos com a boca, fechando os olhos. Um dia um preto que tinha a seu cargo guiar a carroça de bagaço para o bagaceiro, e que trazia ao pé esquerdo uma grande pega de ferro, falou-lhe:

– Sinhá, olhe como está esta perna; está toda ferida. Ferro pesa muito, fale com sinhô para tirar.

E mostrava o tornozelo ulcerado pela pega, fétido, envolto em trapos muito sujos.

– Mas que fez você para estar sofrendo isto?

– Pecado, sinhá; fugi.

– Era maltratado, estava com medo de apanhar?

– Nada, sinhá: negro é mesmo bicho ruim, às vezes perde a cabeça.

– Se você me promete não fugir mais, eu vou pedir ao coronel que mande tirar o ferro.

– Promete, sinhá: negro promete, palavra de Deus! Deixa estar. São Benedito há de dar a sinhá um marido bonito como sinhá mesmo.

E deu uma grande risada alvar.

Lenita gostou do bom desejo e do cumprimento e sorriu-se.

De tarde falou ao coronel – que aquilo não tinha razão de ser, que era barbaridade, uma vergonha, uma coisa sem nome, que mandasse tirar o ferro.

– Ai, filha! Você não entende deste riscado. Qual barbaridade, nem qual carapuça! Neste mundo não existe coisa alguma sem sua razão de ser. Estas filantropias, estas jeremiadas modernas de abolição, de não sei que diabo de igualdade, são patranhas, são cantigas. É chover no molhado – preto precisa de couro e ferro como precisa de angu e baeta. Havemos de ver no que há de parar a lavoura quando esta gente não tiver no eito, a tirar-lhe cócegas, uma boa guasca na ponta de um pau, manobrada por um feitor destorcido. Não é porque eu seja maligno que digo e faço estas coisas; eu até tenho fama de bom. É que sou lavrador, e sei o nome aos bois. Enfim, você pede, eu vou mandar tirar o ferro. Mas são favas contadas – ferro tirado, preto no mato.

A moagem continuava, o canavial se ia convertendo em palhaça: à verdura clara viva, sucedia um pardo tosco, sujo, muito triste. O vento esfregava as folhas mortas, ressequidas, arrancando delas um som áspero de atrito, estalado, metálico, irritadíssimo.

O bagaceiro crescia, avultava: na brancura esverdinhada punham notas escuras os suínos, bovinos e muares que aí passavam o dia, mastigando, mascando, esmoendo. De repente armava-se uma grande briga; ouviam-se grunhidos agudos, mugidos roucos, orneios feros. Uma dentada oblíqua, um guampaço, uma parelha de coices tinha dado ganho de causa ao mais forte.

O odor suave do primeiro ferver da garapa no começo da moagem se acentuara em um cheiro forte, entontecedor, de açúcar cozido, de sacarose fermentada que se fazia sentir a mais de um quarto de légua de distância.

CAPÍTULO VI

Terminara a moagem, ia adiantada a primavera.

A flora tropical rejuvenescera na muda de todos os anos: os gomos, os brotos, a fronde nova rebentara pujante, aqui de um verde-claro deslavado, veludoso, muito tenro; ali lustrosa vidrenta, cor de ferrugem; além rubra. Depois tudo isso se expandira, se robustecera, se consolidara em uma verdura forte, sadia, vivaz.

A natureza mudara de toalete e entrara no período dos amores.

Irrompia a florescência com todo o seu luxo de formas, com toda a sua prodigalidade de matizes, com todo o seu esbanjamento de perfumes.

Por sobre os cafezais escuros atirara ela, com suave monotonia, um lençol de corolas alvíssima, deslumbrante.

Na mata toda a árvore, todo o arbusto, toda a planta tomava-se de estranha energia.

As flores, em uma abundância impossível, comprimiam-se nos galhos, empurravam-se, deformavam-se. No quebrantamento da volúpia amorosa pendiam, reviravam os cálices, entornavam no ambiente ondas de pólen, de pulverulência fecundante.

À lascívia da flora se vinha juntar o furor erótico da fauna.

Por toda a parte ouviam-se gorjeios e assobios, uivos e bramidos de amor. Era o trilar do inambu, o piar do macuco, o berrar do tucano, o grasnar gargalhado do jacu, o retinir da araponga, o chiar do serelepe, o rebramar do veado, o miar plangente, quase humano dos felinos.

A essa tempestade de notas, a esse cataclismo de gemidos cúpidos, sobrelevava o regougo áspero do cachorro-do-mato, o guincho lancinante, frenético do carcará perdido na amplidão.

A folhagem tremia agitada, esbarrada, machucada. Insetos brilhantes, verdes como esmeraldas, rubros como rubis, revoluteavam em sussurro, agarravam-se frementes. Os pássaros buscavam-se, beliscavam-se, em voos curtos, fortes, sacudidos, com as penas arrufadas. Os quadrúpedes retouçavam perseguiam-se, aos corcovos, arrepiando o pelo. Serpentes silvavam meigas, enroscando-se em luxúria aos pares.

A terra casava suas emanações quentes, ásperas, elétricas com o mormaço lúbrico da luz do sol coada pela folhagem.

Em cada buraco escuro, em cada fenda de rocha, por sobre o solo, nas hastes das ervas, nos galhos das árvores, na água, no ar, em toda a parte, focinhos, bicos, antenas, braços, élitros desejavam-se, procuravam-se, encontravam-se, estreitavam-se, confundiam-se, no ardor da sexualidade, no espasmo da reprodução.

O ar como que era cortado de relâmpagos sensuais, sentiam-se passar lufadas de tépida volúpia. Sobressaía a todos os perfumes, dominava forte um cheiro acre de semente, um odor de cópula, excitante, provocador.

Lenita estava preguiçosa. Internava-se na mata e, quando achava uma barroca seca, uma sombra bem escura, reclinava-se aconchegando o corpo na alfombra espessa de folhas mortas, entregava-se à moleza erótica que estilava das núpcias pujantes da terra. Voltava à casa, estendia-se na rede, com uma perna estirada sobre outra, com um livro que não lia caído sobre o peito, com a cabeça muito pendida para trás, com os olhos meio cerrados, e assim quedava-se horas e horas em um langor cheio de encantos.

Pensava constantemente, continuamente, sem o querer, no caçador excêntrico do Paranapanema, via-o a todo o momento junto de si, robusto, atlético como o ideara, dialogava com ele.

Ficara cruel: beliscava as crioulinhas, picava com agulhas, feria com canivete os animais que lhe passavam ao alcance. Uma vez um cachorro reagiu e mordeu-a. Em outra ocasião pegou num canário que lhe entrara na sala, quebrou-lhe e arrancou-lhe as pernas, desarticulou-lhe uma asa, soltou-o, findo com prazer íntimo ao vê-lo esvoaçar miseravelmente, com uma asa só, arrastando a outra, pousando os cotos sangrentos na terra pedregosa do terreiro.

O escravo, a quem ela fizera tirar o ferro do pé, fugira de fato, como tinha previsto o coronel: um dia voltou preso, amarrado com uma corda pelos lagartos dos braços, trazido por dois caboclos.

Que não havia remédio, disse o coronel, que dessa feita o negro tinha de tomar uma funda mestra por ter abusado do apadrinhamento de Lenita, que ia tornar a pôr-lhe o ferro, e que não o tiraria mais nem à mão de Deus Padre.

Lenita, muito de adrede, não intercedeu. Sentia uma curiosidade mordente de ver a aplicação do bacalhau, de conhecer de vista esse suplício legendário, aviltante, atrozmente ridículo. Folgava imenso com a ocasião talvez única que se lhe apresentava, comprazia-se com volúpia estranha, mórbida na ideia das contrações de dor, dos gritos lastimados do negro misérrimo que não havia muito lhe despertara a compaixão.

Disfarçadamente, habilmente, sem tocar de modo direto no assunto, conseguiu saber do coronel que o castigo havia de ter lugar na casa do tronco, no dia seguinte, ao amanhecer.

Passou a noite em sobressalto, acordando a todas as horas, receosa de que o sono imperioso da madrugada lhe fizesse perder o ensejo de ver o espetáculo por que tanto anelava.

Cedo, muito escuro ainda, levantou-se, saiu, atravessou o terreiro, e, sem que ninguém a visse, entrou no pomar.

Do lado de leste era este fechado pela fila das senzalas, cujas paredes de barro cru erguiam-se altas, inteiriças, muito gretadas.

Havia uma casa mais vasta duas vezes do que qualquer outra: era a casa do tronco.

A essa chegou-se Lenita, encostou-se e, tirando do seio uma tesourinha que trouxera, começou a abrir um buraco na parede, à altura dos olhos, entre dois barrotes e duas ripas, em lugar favorável, donde já se protraía um torrão muito pedrento, muito fendido, meio solto.

A tesourinha era curta, mas reforçada, sólida, de aço excelente, de Rodgers. A obra avançava, Lenita trabalhava com ardor, mas também com muita paciência, com muito jeito. O aço mordia, esmoía o barro friável quase sem ruído. Um rastilho de pó amarelado maculava o vestido preto da moça.

Deslocou-se o torrão, e caiu para dentro, dando um som surdo ao tombar no chão fofo, de terra mal batida.

Estava feito o buraco.

Lenita retraiu-se, ficou imóvel, sustendo a respiração.

Após instantes estendeu o pescoço, espiou. Nada pôde ver: estava muito escuro dentro.

Ouvia-se um ressonar alto, igual.

Passou-se um longo trato de tempo.

O brilho das estrelas empalideceu. Uma faixa de luz branca desenhou-se ao nascente, ruborizou-se, purpurejou inflamada com reflexos cor de ouro. O ar tornou-se mais fino, mais sutil e a passarada rompeu num hino áspero, desacorde, mas alegre, festivo, titânico, saudando o dia que despontava.

Ouviu-se o sino da fazenda vibrar muito sonoro.

Lenita tornou a espiar: a casa do tronco já estava clara.

A um canto espalmava-se um estrado de madeira engordurado, lustroso pelo rostir de corpos humanos sujos. As tábuas que o constituíam embutiam-se em um sólido pranchão de cabriúva, cortado em dois no sentido do comprimento: as duas peças por ele formadas justapunham-se, articulando-se de um lado por uma dobradiça forte, presas de outro por uma fechadura de ferrolho. Na parte superior da peça fixa e na inferior do móvel havia piques semicirculares, chanfrados, que, ao ajustarem-se essas peças, coincidiam, perfazendo furos bem redondos, de um decímetro mais ou menos de diâmetro.

Era o tronco.

Sobre o estrado, de ventre para o ar, com as pernas passadas, pouco acima dos tornozelos, nos buracos dos pranchões, envolto em uma velha coberta de lã parda, despedaçada, imunda, tinha atravessado a noite o escravo fugido.

Dormira, ao bater do sino acordara.

Segurando-se a um joelho com as mãos ambas, sentara-se por um pouco, espreguiçara, volvera a deitar-se, com os membros doloridos, resignado.

Abriu-se a porta, e entrou o administrador seguido por um dos caboclos que tinham trazido o preto.

– Olá, seu mestre! – gritou o caboclo, olhe o que aqui lhe trago: chocolate, café, berimbau. E a correia na ponta do pau. Vai chuchar cinquenta para largar da moda de tirar cipó por sua conta. Não sabe que negro que foge dá prejuízo ao senhor? Olhe só este pincel, está tinindo, está beliscando!

E sacudia ferozmente o bacalhau.

É um instrumento sinistro, vil, repugnante, mas simples.

Toma-se uma tira de couro cru, de três palmos ou pouco mais de comprimento, e de dois dedos de largura. Fende-se ao meio longitudinalmente, mas sem separar as duas talas nem em uma, nem em outra extremidade. Amolenta-se bem em água, depois se torce e se estira em uma tábua, por meio de pregos, e põe-se a secar. Quando bem endurecido o couro, adapta-se um cabo a uma das extremidades, corta-se a outra, espontam-se as duas pernas a canivete, e está pronto.

O administrador abriu o tronco, o negro ergueu-se bafo, trêmulo, miserável. Sob a impressão do medo como que se lhe dissolviam as feições.

Caiu de joelhos, com as mãos postas, com os dedos nodosos enclavinhados. Era a última expressão do rebaixamento humano, da covardia animal.

Infundia dó e nojo.

– Pelo amor de Deus, seu Mané Bento, nunca mais eu fujo!

E chorava desesperadamente.

– Não faça barulho, rapaz, respondeu o administrador. São ordens do senhor, hão de ser cumpridas.

– Vá chamar o sinhô!

– O senhor está deitado, não vem, não pode vir cá. Deixe-se de história, arreie as calças e deite-se.

– Nossa Senhora me acuda!

– Você não chama por Nossa Senhora quando trata de fugir, gritou impaciente o caboclo. Vamos, vamos acabar com isto, ande.

O infeliz volveu os olhos em torno de si, como procurando uma aberta para a fuga. Desenganado, decidiu-se.

Com movimentos vagarosos, tremendo muito, desabotoou a calça suja, deixou-a cair, desnudou as suas nádegas chupadas de negro magro, já cheias de costuras, cortadas de cicatrizes.

Curvou as pernas, pôs as mãos no chão, estendeu-se, deitou-se de bruços.

O caboclo tomou posição à esquerda, mediu a distância, pendeu o corpo, recuou o pé esquerdo, ergueu e fez cair o bacalhau da direita para a esquerda, vigorosamente, rapidamente, mas sem esforço, com ciência, com arte, com elegância de profissional apaixonado pela profissão.

As duas correias tesas, duras, sonoras, metálicas, quase silvavam, esfolando a epiderme com as pontas aguçadas.

Duas riscas branquicentas, esfareladas, desenharam-se na pele roxa da nádega direita.

O negro soltou um urro medonho.

Compassado, medido, erguia-se o bacalhau, descia rechinante, lambia, cortava.

O sangue ressumou a princípio em gotas, como rubis líquidos, depois estilou contínuo, abundante, correndo em fios para o solo.

O negro retorcia-se como uma serpente ferida, afundava as unhas na terra solta do chão, batia com a cabeça, bramia, ululava.

– Uma! duas! três! cinco! dez! quinze! vinte! vinte e cinco!

Parou um momento o algoz, não para descansar, não estava cansado; mas para prolongar o gozo que sentia, como um bom gastrônomo que poupa um acepipe fino.

Saltou por cima do negro, tomou nova posição, fez vibrar o instrumento em sentido contrário, continuou o castigo na outra nádega.

– Uma! duas! três! cinco! dez! quinze! vinte! vinte e cinco!

Os uivos do negro eram roucos, estrangulados: a sua carapinha estava suja de terra, empastada de suor.

O caboclo largou o bacalhau sobre o estrado do tronco e disse:

– Agora uma salmorazinha para isto não arruinar.

E, tomando da mão do administrador uma cuia que esse trouxera, derramou o conteúdo sobre a derme dilacerada.

O negro deu um corcovo; irrompeu-lhe da garganta um berro de dor, sufocado, atroz, que nada tinha de humano. Desmaiou.

Lenita sentia como um espasmo de prazer, sacudido, vibrante; estava pálida, seus olhos relampejavam, seus membros tremiam. Um sorriso cruel, gelado, arregaçava-lhe os lábios, deixando ver os dentes muito brancos e as gengivas rosadas.

O silvar do azorrague, as contrações os gritos do padecente, os fios de sangue que ela via correr embriagavam-na, dementavam-na, punham-na em frenesi: torcia as mãos, batia os pés em ritmo nervoso.

Queria, como as vestais romanas no ludo gladiatório, ter direito de vida e de morte; queria poder fazer prolongar aquele suplício até à exaustão da vítima; queria dar o sinal, *pollice verso*, para que o executor consumasse a obra.

E tremia, agitada por estranha sensação, por dolorosa volúpia. Tinha na boca um saibo de sangue.

CAPÍTULO 7

Havia quase uma semana que estava chovendo continuamente. As matas alegres, viçosas, muito lavadas reviam água pela fronde. O tapete espesso de folhas mortas, que cobria o solo nas matas, estava ensopado, desfeito, ia-se reduzindo a húmus. A terra nua nos caminhos, limosa, esverdeada nos taludes e nas rampas, empapada, semilíquida no leito plano, cortada longitudinalmente pelas trilhas dos carros, batida, revolvida, amassada pelos pés dos animais, ora alteava-se em almofadas de lama, ora cavava-se em poças de água barrenta, amarela em uns lugares, em outros, cor de sangue. Corria o enxurro torrentoso, rápido, enxadrezado nos declives; manso, espraiado em toalhas, banhando as raízes das gramíneas no chato, no descampado. Os campos eram brejos, os brejos lagos.

No pomar as laranjeiras pendiam os grelos em um desfalecimento úmido; as ameixeiras, as mangueiras, os pessegueiros, os cajueiros viçavam muito lustrosos. O céu pardo, como que descido, parecia muito perto da terra.

O ribeirão transbordando roncava em marulhos.

Lenita sentada, encorujada na rede, com as pernas cruzadas, à chinesa, levava a maior parte do dia a ler, conchegando-se no xale, friorenta, aborrecida, esplenética.

Rememorava por vezes as mudanças, as alternativas fisiopsíquicas por que tinha passado na fazenda, onde não encontrara uma pessoa de sua idade, de seu sexo ou de sua ilustração a quem comunicar o que sentia, que a pudesse compreender, que a pudesse aconselhar, que a pudesse fortalecer nessa terrível batalha dos nervos.

Analisava a crise histérica, o erotismo, o acesso de crueldade que tivera. Estudava o seu abatimento atual irritadiço, dissolvente, cortado de desejos inexplicáveis. Surpreendia-se amiudadas vezes a pensar sem o querer no filho do coronel, nesse homem já maduro, casado, a quem nunca vira; sentia que lhe pulsava apressado o coração quando falavam nele na sua presença. E concluía que aquilo era um estado patológico, que minava um mal sem cura.

Depois mudava de pensar: não estava doente, seu estado não era patológico, era fisiológico. O que ela sentia era o aguilhão genésico, era o mando imperioso da sexualidade, era a voz da carne a exigir dela o seu tributo de amor, a reclamar o seu contingente de fecundidade para a grande obra da perpetuação da espécie.

E lembrava-lhe a ninfomania, a satiríase, esses horrores com que a natureza se vinga de fêmeas e machos que lhe violam as leis, guardando uma castidade impossível; lembrava-lhe o horror sagrado que aos povos de Grécia e Roma inspiravam esses *castigos de Vênus*.

Entrevia como em uma nuvem as ninfas gregas de Dictynne, as vestais romanas, as odaliscas molitas, as monjas cristãs pálidas, convulsivas, com os lábios em sangue, com os olhos em chamas, a contorcerem-se nos bosques, nos leitos solitários; a morderem-se loucas, bestiais, espicaçadas pelos ferrões do desejo.

Desfilavam-lhe por diante, lúbricas, vivas, palpáveis quase, Pasifae, Fedra; Júlia, Messalina, Teodora, Impéria; Lucrécia Bórgia, Catarina da Rússia.

Um dia entrou na sala o coronel.

– Grande novidade! Aí me vem o rapaz... rapaz é um modo de falar, o velho, o caçador do Paranapanema.

– Seu filho?

– Sim. Também era tempo, eu já estava com saudades.

– Mas não preveniu, não pediu condução...

– Pois eu não dizia? Aquilo é assim mesmo, é espeloteado. Não quer, não sabe esperar; não está para demoras. Alugou animais no Rio Claro, e aí vem vindo.

– Como soube?

– Por um caboclo que partiu de lá ao amanhecer, e que agora passou por aqui.

– Então seu filho vem tomando esta chuvarada?

– Isso para ele é um pau para um olho, está acostumado.

– A que horas acha que chega?

– São seis léguas de caminho. Ele de certo saiu depois do almoço, às 10 horas. Como a estrada está ruim, gastará umas seis ou sete horas. As quatro, às cinco horas ao mais tardar, rebenta por aí. O que eu quero saber é se você quer jantar às horas do costume ou se concorda em que o esperemos.

– Havemos de esperar, boa dúvida!

O coronel saiu.

Lenita saltou lesta da rede, correu ao seu quarto, penteou-se com desvanecimento, ergueu os cabelos, prendeu-os no alto da cabeça; deixando a nuca bem a descoberto. Espartilhou-se, tomou um vestido de merinó afogado, muito singelo, mas muito elegante, brincos, broche, braceletes de ônix, calçou sapatinhos Luiz XV, cuja entrada muito baixa deixava ver a meia de seda preta com ferradurinhas brancas em relevo. No peito, à esquerda, pregou duas rosas pálidas, meio fechadas, muito cheirosas.

– Bravo! Que linda que está a senhora D. Lenita! – bradou o coronel, entusiasmado ao vê-la. Pena é que esteja gastando cera com ruim defunto: o rapaz não é rapaz, e ainda, por mal de pecados, é beco sem saída.

Lenita corou um pouco, riu-se.

– Vamos, vamos lá para dentro: quero que a velha a veja nesse reto. Francamente, está bonita a fazer virar a cabeça ao próprio Santo Antão! Como lhe assenta a você essa roupa preta afogadinha! Sim, senhora!

Ia quase anoitecendo.

A chuva caía forte, compassada, ininterrompida: em todas as depressões de terreno estancava-se a água; por todos os declives corria ela em torrentes, em borbotões, em jorros, em filetes.

No alto do morro fronteiro, cortado pela estrada, assomaram dois cavaleiros e uma besta de canastrinhas.

Vagarosos, escorregando a cada passo na ladeira lamacenta, lisa, começaram a descer procurando a fazenda.

A água da chuva, pulverizada no ar, esbatia-lhes os contornos em uma atmosfera cinzenta, riscada obliquamente pelo peneirar dos pingos grossos.

O coronel viu-os por uma janela, através dos vidros embaciados.

– Lá vem Manduca, disse.

– Coitado! Vem como um pinto!

Lenita parou o movimento brando da cadeira de balanço, largou o *Correio da Europa* que estava lendo, deixou cair os braços sobre as coxas, recostou a cabeça no espaldar, quedou-se imóvel, muito pálida, quase desfalecida. O sangue refluíra-lhe ao coração que batia descompassado.

Chegaram os viajantes. Ouviu-se o tinir de freios sacudidos nervosamente pelas cavalgaduras, depois o chapinhar pesado de botas ensopadas, enlameadas, e o arrastar sonoro de esporas no pedrado do alpendre.

O coronel, trôpego, correu ao encontro do filho.

– Que raio de tempo! Disse este ao entrar na antessala, batendo duro os pés na soleira da porta e tirando a capa de borracha que foi pendurar a uma estaqueira. Adeus, meu pai, vosmecê bom, eu vejo; minha mãe na mesma, não?

– Tudo na forma do costume. E você? Boas caçadas? Boa saúde?

– Caçadas esplêndidas, hei de lhe contar. Saúde de ferro, a não ser a maldita enxaqueca que não me larga, e que neste momento mesmo me está atormentando de modo horroroso. Vou lá dentro ver minha mãe, e sigo para o meu quarto: deve estar pronto. Mande o Amâncio levar-me uma chaleira de água a ferver, e uma pouca de farinha de mostarda, para eu tomar um pedilúvio sinapizado.

– Você não jantou, e de certo almoçou mal: coma alguma coisa que há de fazer-lhe bem.

– Comer! Mal de mim se comesse estando de enxaqueca.

– Que maçada! Eu e a Lenita que o estávamos esperando para jantar...

– Lenita! Quem é Lenita?

– É a neta do meu velho amigo Cunha Matoso, filha do meu pupilo, o doutor Lopes Matoso, que morreu logo depois que você foi para o Paranapanema. Não recebeu a minha carta nesse sentido?

– Recebi, lembra-me muito o Lopes Matoso. Com que então a filha está agora aqui?

– Está, coitada. Não pôde ficar na cidade, era-lhe muito dolorosa a falta do pai. Vem cá, Lenita, vem ver o meu filho. Chama-se Manuel Barbosa.

Lenita veio da sala, adiantou-se para o recém-chegado, cumprimentou-o com uma inclinação da cabeça.

Ele tirou o seu chapéu alagado, retribuiu o cumprimento.

– Um seu criado, minha distinta senhora. Desculpar-me-á não apertar-lhe a mão: estou imundo, estou que é só barro da cabeça aos pés.

Manuel Barbosa era homem de boa altura, um tanto magro. A roupa molhada colava-se-lhe ao corpo, acentuando-se as formas angulosas. Cabelos desmesuradamente grandes, empastados, correndo água, cobriam-lhe a testa, escondiam-lhe as orelhas. As barbas grisalhas, crescidas, davam-lhe um aspecto inculto, quase feroz. Com a enxaqueca estava pálido, muito pálido, baço, terroso. Piscava muito os olhos para furtar-se à ação da luz. Tinha as pálpebras batidas, trêmulas, e muitos pés de galinha encarquilhavam-lhe os cantos externos dos olhos.

Lenita, desapontadíssima, mirava-o com uma curiosidade dolorosa.

– Minha senhora, continuou ele, sinto imenso que vossa excelência tenha esperado por mim para jantar, e que a minha negregada enxaqueca prive-me hoje do prazer de sua companhia. Queira conceder-me licença.

E varou para o interior, sacudidamente, brutalmente, fazendo soar as esporas, deixando no assoalho as marcas úmidas das botas enlameadas. O coronel acompanhou-o.

Lenita recolheu-se ao seu quarto, bateu as janelas, não quis jantar, não quis cear, respondeu quase com desabrimento ao coronel, que insistia com ela para que fosse à mesa comer uma asa de frango, uma talhadinha de presunto, algum doce ao menos.

Sacou do peito com violência as duas bonitas rosas, atirou-as ao chão, calcou-as aos pés, esmurregou-as, despiu-se freneticamente, aos pinchos, arrancando os botões arrebentando os colchetes.

Com um movimento de pernas rápido, sacudido, fez voar longe os sapatinhos, atirou-se à cama encolheu-se como uma bola, mordeu os braços, despediu num pranto convulso.

Chorou, soluçou por muito tempo. Esse descarregamento nervoso aliviou-a; acalmou-se, sossegou.

Entrou a refletir.

Conceber um ideal, pensava ela, anima-lo como uma mãe amima o filho, ajeita-lo, vesti-lo cada dia com uma perfeição nova e, de repente, ver a realidade impor-se esmagadoramente prosaica, chatamente bruta, bestialmente chata!

Idealizar um caçador de Cooper, um Nemrod forte até diante de Deus, um atleta musculado como um herói da antiguidade, e ver sair pela frente um sujeito pulha, enlameado, velho, de melenas intonsas e barbas grisalhas, um almocreve, um arneiro que quase a tratara mal! E ainda por cima juraria que ele tresandava a cachaça: sentira-lhe a bifada quando ele falou.

Mas, em suma, que lhe importava a ela esse homem, com quem nunca conversara, que nunca sequer tinha visto, cuja existência até bem pouco ignorava?

Pois não havia ela em tempo desprezado a corte assídua de uma nuvem de pretendentes? E nesse momento mesmo, debaixo de certo ponto de vista, não estava até melhor, relativamente a coisas do coração? Sem pai, sem mãe, sem irmãos, emancipada, absolutamente senhora de si, rica, formosa, inteligente, culta, bastava-lhe mostrar-se na cidade, ou melhor, em São Paulo, na corte, aparecer nas reuniões, deixar-se admirar para tronejar, para ser soberana, para receber ovações, para haurir, a saciedade, o incenso da lisonja. Por que teimar em permanecer na fazenda?

– Se era a necessidade orgânica, genésica de um homem que a torturava, por que não escolher de entre mil um marido forte, nervoso, potente, capaz de satisfazê-la, capaz de saciá-la?

E se um lhe não bastasse, por que não conculcar preconceitos ridículos, por que não tomar dez, vinte, cem amantes, que lhe matassem o desejo, que lhe fatigassem o organismo?

Que lhe importava a ela a sociedade e as suas estúpidas convenções de moral?

Mas a cor amarelenta de Manuel Barbosa, seus olhos piscos, seus cabelos por cortar, sua barba repugnante, sua roupa molhada!

E o fartum de pinga, a bifada?

Não lhe podia perdoar, odiava-o, tinha vontade de esbofeteá-lo, de cuspir-lhe no rosto. Era um contrassenso; estar sempre a recair, a ocupar-se de uma criatura vulgar, comuníssima, que lhe não merecia ódio, com a qual não valia a pena perder um pensamento.

Voltaria para a cidade... não, iria para São Paulo, fixar-se-ia aí de vez, compraria um terreno grande em um bairro aristocrático, na Rua Alegre, em Santa Efigênia, no Chá, construiria um palacete elegante, gracioso, rendilhado, à oriental, que sobressaísse, que levasse de vencida esses barracões de tijolos, esses monstrengos impossíveis que por aí avultam, chatos, extravagantes, à fazendeira, à cosmopolita, sem higiene, sem arquitetura, sem gosto. Fá-lo-ia sob a direção de Ramos de Azevedo, tomaria para decoradores e ornamentistas Aurélio de Figueiredo e Almeida Júnior. Trastejá-lo-ia de jacarandá preto, encerado, com esculpidos foscos. Faria comprar nas ventes de Paris, por agentes entendidos, secretárias, mesinhas de legítimo Boule. Teria couros lavrados de Córdova, tapetes da Pérsia e dos Gobelins, *fukusas* do Japão. Sobre os consolos, sobre os *dunquerques*, em vitrinas; em armários de pau-ferro rendilhado, em étageres, pelas paredes, por toda a parte semearia porcelanas profusamente, prodigamente – as da China com o seu branco leitoso, de creme, com as suas cores alegres suavissimamente vívidas, as do Japão, rubro e ouro, magníficas, provocadoras, luxuosas, fascinantes; os *grés* de Satzuma, artísticos, trabalhos árabes pelo estilo, europeus quase pela correção do desenho. Procuraria vasos, pratos da pasta tenra de Sévres, ornamentados por Bouchet, por Armand, por Chavaux pai, pelos dois Sioux; contrapor-lhes-ia as porcelanas da fábrica real de Berlim e da imperial de Viena, azuis de rei aquelas, estas cor de sangue tirante a ferrugem; enriquecer-se-ia de figurinhas de Saxe, ideais, finamente acabadas, deliciosíssimas. Apascentaria os olhos na pátina untuosa dos bronzes do Japão, nas formas tão verdadeiras, tão humanas da estatuária grega, matematicamente reduzida em bronze por Colas e Barbedienne. Possuiria mármores de Falconet, terracotas de Clodion, netskés, velhíssimos, rendilhados, microscópicos, prodigiosos. Mirar-se-ia em espelhos de Veneza, guardaria perfumes em frasquinhos facetados de cristal da Boêmia. Pejaria os escrínios, as *vide-poches* de joias antigas, de crisólitas e brilhantes engastados em prata, de velhos relicários de ouro do Porto.

Teria cavalos de preço, iria à Ponte Grande, à Penha, à Vila Mariana em um *huit-ressorts* parisiense sem rival, tirado por *urcos pur-sang*, enormes, calorosos, de cor escura, de pelo muito fino.

Far-se-ia notar pelas toaletes elegantíssimas, arriscadas, escandalosas mesmo.

Viajaria pela Europa toda, passaria um verão em São Petersburgo, um inverno em Nizza, subiria ao Jungfrau, jogaria em Monte Carlo.

Havia de voltar, de oferecer banquetes; havia de chocar paladares, habituados ao picadinho e ao lombo de porco, dando-lhes arenques fumados, caviar, perdizes *faisandées*, calhandras assadas com os intestinos, todos os mil inventos dos finos gastrônomos do velho mundo: seus convivas haviam de beber Johannisberg, Tokai, Constança, Lácrima Christi, Château Iquem, tudo quanto fosse vinho caro, tudo quanto fosse vinho esquisito.

Teria amantes, por que não?

Que lhe importavam a ela as murmurações, os diz que diz que da sociedade brasileira, hipócrita, maldizente. Era moça, sensual, rica – gozava. Escandalizavam-se, pois que se escandalizassem.

Depois, quando ficasse velha, quando se quisesse aburguesar, viver como toda a gente, casar-se-ia.

Era tão fácil, tinha dinheiro, não lhe haviam de faltar titulares, homens formados que se submetessem ao jugo uxório que lhe aprouvesse a ela impor-lhes. Era pedir por boca, era só escolher.

CAPÍTULO VIII

Cessara a chuva, estava um tempo esplêndido. A luz branca do sol coava-se por um ar muito fino em um céu muito azul, sem uma nuvem. A natureza expandia-se alegre como um enfermo que volta à vida, como um convalescente.

Lenita levantou-se de boa saúde, mas aborrecida, contrariada. A lembrança do Manuel Barbosa torturava-a. Ter de encontrar-se com ele a todas as horas, à mesa, na sala, vê-lo passear pela casa, pelo terreiro, vê-lo refestelar-se, bambroar-se nas cadeiras de balanço, com as melenas, com as barbas grisalhas... era horroroso.

Quando a chamaram para almoçar foi cheia de displicência, contrariadíssima. Atara os cabelos negligentemente, envolvera-se em um xale, ao desdém, sem se espartilhar, sem se apertar sequer. Calçara chinelos.

Entrou na varanda com os olhos baixos, resolvida a não encarar o antipático comensal. À mesa só estava o coronel.

– Bom dia, Lenita, então, como vai isso agora? Muito desapontada com o rapaz, não? Pois olhe, ele ainda fê-la melhor: partiu hoje de madrugada para a vila.

Tinha um negócio urgente a tratar, pelo menos foi o que disse: chegou e saiu. A enxaqueca dele é assim, atormenta-o que é um desespero, mas com uma hora de sono passa sem deixar vestígios.

– Estimo muito que tenha sarado, respondeu Lenita secamente e pensou baixo: que durma um dia até não acordar mais. Um animal daqueles o melhor que pode fazer é morrer, é rebentar. O mundo é da força e também da beleza, porque em suma a beleza é uma força. As barbas! As barbas! Que leve o diabo a ele, mais a elas.

E ficou muito contente por não ter de ver, por não ter de aturar Manuel Barbosa, ao menos esse dia.

Demais estava resolvida, não havia de ficar muito tempo na fazenda, partiria logo para a cidade e de lá para São Paulo.

Almoçou com prazer, tocou piano, deu um grande passeio a pé, jantou, só pensou em Manuel Barbosa duas ou três vezes, isso mesmo com menos indignação, sem ressentimento, indiferente quase, achando-se apenas ridícula a si própria por tê-lo arvorado um herói durante um longo acesso de extravagância histérica. Era um pobre diabo, caipirão, velhusco, achacoso. Caçava por caçar, sem intuição poética, bestialmente, como qualquer caboclo. Bebia pinga. Verdade era que tinha estado na Europa, mas ter estado na Europa não muda a constituição a ninguém. Ele era o que ela devia esperar que ele fosse, um tipo muito sem imponência, reles, abaixo até da craveira comum.

Ao anoitecer recolheu-se, começou a arrumar os seus bronzes, os seus bibelôs de marfim, de porcelana. Envolvia-os cuidadosamente, amorosamente em papel de seda, arranjava-os no fundo de um enorme baú americano que trouxera, calçava-os, protegia-os com jornais velhos fuxicados, com guardanapos, com lenços, com pequenas roupas. Tinha cuidados meticulosos, maternais, de amadora apaixonada. Por vezes esquecia-se a remirar embevecida uma jarrinha de Sèvres, uma estatueta primorosa: no auge do entusiasmo beijava-a.

Alta noite, muito tarde, estando já deitada ouviu um tropear de animais, passos de gente, tinidos de esporas.

– Aí chega o bruto, disse consigo, e continuou a pensar na sua ida próxima para a cidade, e de lá para São Paulo.

O tempo estava firme: a uma noite limpa, estrelada, fria, sucedera um dia como o da véspera, luminoso, assoalhado.

Lenita levantou-se muito cedo, tomou um copo de leite, deu um passeio pelo pasto. De volta entrou no pomar a ver os figuinhos novos, os cachos tenros das vides.

– De uma laranjeira-cravo, que se erguia folhuda desde o chão, viçosa, esparramada, esfuziou de súbito um tico-tico.

Tem ninho, pensou consigo Lenita, e começou a procurar, abrindo, afastando os ramos.

Deteve-se, aspirou o ar: sentia um cheiro bom de sabonete Legrand e de charuto havana.

Deu volta à laranjeira e topou com Manuel Barbosa que se encaminhava para ela, risonho, palacianamente curvado, na mão direita o chapéu, na esquerda um cravo rubro, perfumado, esplêndido.

Perto o charuto, que ele deitara fora, desprendia uma espiral de fumo, azulada, tênue.

Lenita parou confusa, atônita, sem saber o que pensasse.

O homem que aí vinha não era o Barbosa da véspera, era uma transfiguração, era um *gentleman* em toda a extensão da palavra.

A testa alta, estreita, lisa, mostrava-se a descoberto, com uma zona muito alva à raiz do cabelo: esse, cortado, à meia cabeleira, recurvava-se a frente em uma elegante pastinha à Capoul, a que dava certo realce muitos fios cor de prata. O rosto era regularíssimo, estava muito bem barbeado. À palidez da véspera sucedera uma cor sadia de pele clara, mordida, bronzeada pelo sol. A boca, de tipo saxônio puro, encimada por um bigode cuidadosamente aparado e seu tanto ou quanto grisalho, abria-se em um sorriso bondoso e franco, mostrando dentes fortes, regulares, muito limpos. Estatura esbelta, pés delicados, mãos muito bem-feitas, muito bem tratadas.

Trazia um costume folgado de casimira clara, gravata creme, camisa alvíssima, de colarinho deitado, mostrando em toda a sua força o pescoço robusto. Na lapela do *veston* tinha uma rosa de cheiro muito repolhuda.

Chegou-se a Lenita polidamente, graciosamente.

– Minha senhora, triste juízo há de vossa excelência ter feito de mim anteontem. Quando estou com enxaqueca, deixo de ser homem, torno-me urso, torno-me hipopótamo. Quer fazer-me a honra de aceitar este cravo? Olhe, dê-me licença, eu sou um velho, podia ser seu pai.

E com uma familiaridade confiada prendeu a flor no cabelo da moça.

Depois, afastando-se dois passos, mirou-a, entortando a cabeça, com ares de entendedor, e disse:

– Que bem que vai esse vermelho vivo nos seus cabelos pretos. Está linda.

O olhar que coava por entre as pálpebras semicerradas de Barbosa era tão doce, tão paternal, a sua fala era tão untuosa, que Lenita não se revoltou, não repeliu a ousadia. Sorriu-se e perguntou:

– Está agora perfeitamente bom, não tem cansaço da viagem, não tem ressaibos da moléstia?

– Oh, não! Viagens não me fatigam, e a minha enxaqueca, em passando, passou, não deixa vestígios. Quer aceitar o meu braço?

– Vamos dar uma volta pelo pomar, fazer horas para o almoço?

Lenita acedeu.

Em um instante, como por ação elétrica, seus sentimentos se tinham transformado: aos ardores pelo homem ideal da cisma histérica, à antipatia pelo homem real da antevéspera, entrevisto em circunstâncias desfavoráveis todas, sucedera aí nesse lugar, repentinamente um afeto calmo e bom que a subjugava, que a prendia a Barbosa. Achava nele que era de bonomia superior, de familiaridade comunicativa que lhe lembrava Lopes Matoso.

Passearam, conversaram muito. Falaram principalmente de botânica. Barbosa estabeleceu um confronto detalhado entre a flora do velho mundo e a do novo; entrou em apreciações técnicas; desceu a minudências de sua própria observação pessoal. À alternativa matemática das estações do ano na Europa contrapôs a magnificência monótona da primavera eterna brasileira. Fez notar que lá domina nas matas o exclusivismo de uma espécie, que há bosques só de carvalhos, só de castanhos, só de álamos, ao passo que cá acotovelam-se, emaranham-se em pequeno espaço cem famílias, diversíssimas a ponto de não se encontrarem, muitas vezes, dois indivíduos da mesma variedade em um raio de mil metros.

Abriu uma exceção em Minas e no Paraná para a *Araucaria brasiliensis*, abriu exceções para as palmeiras intertropicais, a que chamou legião. Lenita acompanhou-o com interesse sumo, revelando conhecimento aprofundado da matéria, fazendo-lhe perguntas de entendedora. Citou Garcia D'Orta, Brótero e Martius, criticou Correia de Melo e Caminhoá, confessou-se, em relação a espécies, sectária, ardente de Darwin, cujas opiniões radicou a estima entre ambos; quando entraram para almoçar estavam amigos velhos.

– Olá? – disse o coronel, da porta, ao vê-los chegar de braço dado. Muito bom dia! Leve o diabo as tristezas. Com que amiguinhos, era o que eu esperava. Mas vamos, vamos para dentro, que já não é sem tempo; o almoço arrefece de uma vez; há meia hora que está na mesa.

– Sim, senhor, meu pai, a Exma. Senhora dona Helena é para mim uma surpresa, uma revelação. Sabia-a muito bem-educada, mas supunha-a bem educada, como o são em geral as moças com especialidade as brasileiras – piano, canto, quatro dedos de francês, dois de inglês, dois de geografia e... pronto! Pois enganei-me: a Exma. Senhora dona Helena dispõe de erudição assombrosa, mais ainda, tem ciência, verdadeira, é um espírito superior, admiravelmente cultivado.

– É por demais bondoso o Senhor Manuel Barbosa, volveu Lenita visivelmente satisfeita.

– Olhem vocês uma coisa, acabem-me com essas excelências, com essas senhorias. É Lenita para cá, Manduca para lá e... toca! Cerimônias só para a igreja: a mim me fazem elas mal aos nervos, até agravam-me o reumatismo. Vamos almoçar.

Daí em diante Lenita e Barbosa não se deixaram: liam juntos, estudavam juntos, passeavam juntos, tocavam piano a quatro mãos.

Na sala do coronel armaram um gabinete de física eletrológica.

A velha quadra de paredes corcovadas, caraquentas, povoou-se estranhamente de instrumentos científicos moderníssimos, nos quais o brilho fulvo do latão envernizado se casava ao preto baço das partes enegrecidas, à transparência cristalina dos tubos de vidro multiformes, ao lustroso da madeira brumida dos suportes, à verdura fresca da seda das bobinas.

Botelhas de Leyde, jarras enormes, agrupadas em baterias formidáveis, máquinas de Ramsden e Holtez, pilhas compartimentadas de Kruikshank e de Wollanston, pilhas enérgica de Grove, de Bunsen, de Daniell, de Leclanché; pilhas elegantíssimas de bicromato de potássio, acumuladores de Planté, bobinas de Ruhrnkorf, tubos de Geissler, reguladores de Foucault e Duboscq, bugias de Jablochkff, lâmpadas de Edson, telefones, telégrafos, tudo isso por aí protraía as formas esquisitas, fosco, diáfano, reverberante a um tempo; absorvendo, refrangendo, refletindo a luz de mil modos diferentes.

A eletricidade sussurrava, multiplicavam-se por toda parte faíscas azuladas, ouviam-se estalidos secos, tintinações sonoras de campainhas.

O ar estava picado de um cheiro acre, irritante, de ácido azótico e de ozone.

Barbosa e Lenita, ocupados, embebidos em experiências, trocavam palavras rápidas, quase ásperas, como dois velhos colegas.

Davam-se um ao outro ordens breves, imperiosas. De repente um deles batia o pé, contraía o rosto, piscava duro, sacudia o braço: era que tinha havido um descuido, punido logo por um choque. O coronel espiava da porta.

– Que a sua sala estava convertida em senzala de feitiçarias, afirmava ele, que de repente havia de vir um raio e espatifar aquelas burundangas todas.

Aos convites instantes de Lenita e do filho para que chegasse a ver de perto os efeitos luminosos da eletricidade no vácuo, as colorações brilhantes produzidas nos tubos de Geissler, recusava-se – que lá não entraria nem por um decreto; que para livrar-se por toda a sua santa vida do desejo de investigar eletricidades, bem lhe bastavam dois choques que apanhara uma feita, na estação telegráfica.

A observação de que a eletricidade lhe podia ser útil para a cura do reumatismo, contestava que se curasse quem quisesse com tal medicina, que ele não.

Satisfeita a curiosidade científica de Lenita quanto ao estudo experimental da eletrologia, que ela dantes só aprendera teoricamente, passaram à química e à fisiologia. Depois foram à glótica, estudaram línguas, grego e latim com especialidade: traduziram os fragmentos de Epicuro, o *De rerum natura*, de Lucrécio.

Em estudos, em conversações que eram prolongamentos dos estudos, em passeios e excursões campestres, voava o tempo. Levantavam-se muito cedo, estendiam os serões até muito tarde. Uma vez o moleque, que fora buscar o correio, trouxe para Barbosa um volume lacrado. Era a exposição das teorias transformistas de Darwin e Haeckel por Viana de Lima. Lenita ficou doida de contente com a novidade escrita em francês por um brasileiro. Começaram a leitura depois da ceia, prolongaram-na pela noite adiante, e embeveceram-se a tal ponto que o dia os surpreendeu.

Ao empalidecer a luz das velas com os primeiros albores do dia, foi que deram acordo de si. Riam muito, recolheram-se desapontados aos seus aposentos, não dormiram. Compareceram ao almoço e depois dele continuaram com a leitura.

À noite, quando depois de despedir-se de Barbosa, entrava para o quarto, Lenita despia-se, concentrando o pensamento, refletindo sobre o seu estado de espírito, achava-se feliz, notava que tinha afetos brandos por tudo que a rodeava, que via a natureza por um prisma novo. Sentia, com uma ponta de remorso, que lhe ia esquecendo o pai. E parecia-lhe interminável o que restava da noite, o que ainda faltava para tornar a ver Barbosa.

Deitava-se, aconchegava-se, procurava adormentar o cérebro, repelindo, baralhando as ideias que se apresentavam. Adormecia.

Cedo, muito cedo, ao amiudar dos galos, acordava: erguia-se de pronto, alegríssima; escovava os dentes cuidadosamente, mirava-os com desvanecimento ao espelho, chegando muito a luz à boca, arregaçando muito os beiços para ver as gengivas; refrescava a epiderme do busto com uma larga ablução fria, umedecia, perfumava o cabelo com água de violetas, penteava-os com esmero, substituía a camisola de dormir por uma camisa finíssima de cambraia crivada; apertava-se, vestia-se com garridice; limava, espontava, alisava, coloria, brunia as unhas.

E tudo isso pensando em Barbosa, antegostando a delícia do momento de vê-lo, de ouvir-lhe a voz em um bom dia afetuosíssimo, jubiloso; de apertar-lhe a mão, de sentir-lhe o contato quente.

Barbosa já não era moço, pouco dormia, poucas horas de sono lhe bastavam.

Deitava-se, procurava ler, mas debalde. A imagem de Lenita interpunha-se entre ele e o impresso. Via-a junto de si, absorvia-se em contemplá-la nessa semialucinação, falava-lhe em voz alta, desesperava, depunha o livro ou o jornal, estendia-se, virava-se, revirava-se, adormecia, acordava, riscava fósforo, olhava o relógio, via que era noite, tornava a adormecer, tornava a acordar, e assim continuava até que amanhecia, até que chegava a hora de levantar-se.

– Que não sabia o que aquilo era, pensava. Admiração por talento real em uma moça, por faculdades inegavelmente superiores em uma mulher? Possível. Mas em Paris trabalhara ele muito tempo com madame Brunet, a tradutora sapientíssima de Huxley; com ela fizera centenas de dissecações anatômicas, com ela aprofundara estudos de embriogenia; respeitava-a, admirava-a; e nunca sentia junto dela o que sentia junto de Lenita. E, todavia, madame Brunet não era feia, bem ao contrário. Não, aquilo não era simples admiração. Mas que diabos era aquilo então? Amor verdadeiro, com objetivo definido, carnal também não era: ao pé de Lenita ainda não tivera desejo algum lascivo, ainda não sofrera o pungir do espinho da caule. Tivera em tempo uma paixão que o levara à tolice suprema do casamento, mas isso passara; tinha-se até divorciado da mulher com cujo gênio se não tinha podido harmonizar. Casto, era-o até certo ponto: só procurava relações genésicas, quando as exigências fisiológicas do seu organismo de macho se faziam sentir, imperiosas, ameaçando-lhe a saúde. E não ligava a isso mais importância do que o exercício de uma outra função qualquer, do que satisfação de uma simples necessidade orgânica. Mas que era então o que sentia por Lenita? Amizade no rigor do termo, como de homem para homem, e até de mulher para mulher, não era: a amizade é impossível entre pessoas de sexo diferente, a não ser que tenham perdido todo o caráter de sexualidade. Amor ideal, romântico, platônico? Era de certo isso. Mas ridículo, santo Deus? Que oceano de ridículo! Quebradeiras sentimentais na casa dos quarenta, quando a enduração do cérebro já não permite fantasias, quando a luta pela vida já tem morto as ilusões?

O caso era que não podia estar longe da moça, que só junto dela vivia, pensava, estudava, era homem. Estava preso, estava aniquilado.

CAPÍTULO IX

Quebrara em Santos uma casa comissária importantíssima.
O coronel perdia na quebra cerca de trinta contos.
– Que aquela praça era uma cova de Caco, uma Calábria disse ele ao saber da notícia, um dia de manhã: que comiam o fazendeiro por uma perna; que misturavam o café bom, mandado por ele, com o café de refugo, com o café escolha comprado ao desbarato; que essa honestíssima manipulação chamavam bater, fazer pilha, no que tinham carradas de razão porque era mesmo uma batida de dinheiro, uma verdadeira pilhagem de cobres, que davam contas de venda ao fazendeiro como e quando muito bem lhes parecia, e que diabo havia de se ver grego para verificar a exatidão de tais contas; que à custa do fazendeiro comia o intermediário, comia a estrada de ferro com as suas tarifas de chegar, comia o governo com os velhos e novos impostos, comia a corporação dos carroceiros, comia a três carrilhos o comissário, comia o zangão ou o corretor, comia o exportador, comiam todos. Que afinal, para coroar a obra, para evaporar o restinho de cobre que ficava, lá vinha a santa da quebra, a bela da falência casual, já se deixava ver, porque onde há guarda-livros peritos ninguém quebra fraudulentamente.

Ficou decidido que Barbosa partiria no dia seguinte para Santos, a ver se conseguia salvar alguma coisa do naufrágio. Logo depois do almoço conversou ele por largo espaço com o pai, discutiu, fez contas, ajustou condições, dispôs as bases da negociação e, montado a cavalo, foi à fazenda do vizinho mais próximo, major Silva com quem era necessário entender-se, porque também era interessado no negócio.

Ao dizer-lhe adeus a Barbosa, Lenita sentiu-se fazer em torno dela um vácuo imenso, certa muito embora de que a ausência era só até à tarde.

A ideia de outra ausência, da ausência futura, da ida para Santos torturava-a.

Como lenitivo à sua mágoa, quis ela própria fazer a mala de Barbosa, pretextando que não ficaria bom o arranjo pelas mãos descuidosas de uma escrava.

Seguiu a mucama encarregada da roupa branca, entrou pela primeira vez no quarto de Barbosa.

Ao fundo uma cama estreita de solteiro, estendida, com lençóis e fronhas muito alvos; junto da cabeceira um criado-mudo de tampo de mármore, e sobre ele um castiçal de alfenide com um coto de vela de estearina, uma fosforeira de prata e um número de Diário Mercantil; ao alcance da mão uma mesa vasta, forrada de baeta verde com alguns livros, aprestos para escrever, dois revólveres, um punhal japonês e uma fotografia de Sarah Bernhardt; aos pés da cama um mancebo para roupa, com muitos braços. Pelas paredes, nos espaços deixados por um lavatório e uma enorme cômoda, botelhas entrançadas de vime, facões, armas finas, de caça e de alvo, de carregar pela boca, de retrocarga, de repetição, mareadas por Pieper, por Habermann, por Greener, por Fruwirth. Um armário, uma cadeira preguiçosa e várias cadeiras simples completavam o trastejamento.

Entrando, Lenita sentiu-se tomada de embaraço inexplicável. Seu pudor revoltava-se, parecia-lhe que respirava indecência naquele aposento de homem.

Correu-se de pejo, corou e com voz mal segura perguntou à mucama pela roupa branca de Barbosa.

A mucama abriu uma cômoda, tirou dela e empilhou sobre a cama camisas brancas engomadas, camisas de dormir de flanela macia, ceroulas de linho alvíssimo, toalhas, lenços brancos e de bretanha, lenços de seda de cor, meias de fio de Escócia.

Foi buscar e colocou junto da cama uma grande mala inglesa de bojo elástico de fole; no couro preto, punha uma nota viva, um pedaço de papel encardido com o letreiro – *Tamar, cabin*. Desafivelou as correias, abriu-a em duas.

Lenita forrou um dos compartimentos com uma toalha de algodão mineiro finíssimo, crivada, franjada em abrolhos e, com esse cuidado meticuloso, com esse jeito peculiar às mulheres moças, começou a arrumar peça sobre peça, perfumando cada uma com um borrifo de essência Vitória vaporizada.

Na candidez dos linhos destacava-se, em notas cruas, o vermelho-

-sangue, o azul-de-rei dos lenços de seda, o ouro-fosco, o verde-garrafa, o preto-lustroso das meias de fio de Escócia.

A mucama saiu, passou a outro quarto para trazer umas roupas de casimira que Barbosa lhe dissera querer levar.

Lenita ficou só.

Foi a tirar a última camisa de sobre a cama e notou que, no retesado da coberta, havia um afundamento apenas visível sobre a travesseira rendada uma depressão mais cava. Depois de feita a cama, Barbosa com certeza nela se estendera a descansar.

Inconscientemente, automaticamente, atraída, puxada pelos nervos, Lenita pôs as mãos no colchão fofo, curvou-se, aproximou a cabeça.

Da travesseira, misturando-se a um aroma suave de água de Lubin, desprendia-se um cheiro animal bom, de corpo humano, são, asseado.

Lenita, haurindo essa emanação sutil, sentiu quer que era elétrico abalar-lhe o organismo: era um anseio vago, uma sede de sensações que a torturava. Quase em delíquio, deixou-se cair de bruços sobre a cama, afundou o rosto na travesseira, sorveu a haustos curtos, açodados, o odor viril, esfregou, rostiu os seios de encontro ao fustão áspero da colcha branca.

Sentia quase o mesmo que sentira na noite da alucinação com o gladiador, um prazer mordente, delirante, atroz, com estranhas repercussões simpáticas, mas incompleto, falho.

Trincou nos dentes a cambraia da fronha, gemendo, ganindo em contrações espasmódicas.

– Eah! – gritou a mucama que entrava, sinhazinha está com ataque! E, atirando sobre a cadeira a roupa que trouxera, correu para ela, ergueu-a nos braços, sacudiu-a com força.

Lenita acalmou-se sem demora: estava pálida, trêmula, tinha os olhos muito brilhantes, a boca pegajosa, a fala travada.

– Não é nada – disse –, foi uma vertigem, já passou. Vá buscar um copo d'água.

– Sinhazinha, ponderou a mucama, o que lhe fez mal foi o cheiro forte do vidro que vassuncê estava pondo na roupa: a mim também me tonteou. Cuidado.

E saiu.

À tarde, Barbosa, quando voltou da fazenda do major Silva, estranhou a Lenita. Ela não o procurava, não lhe falava, mal respondia às suas numerosas e reiteradas perguntas.

Contra o costume recolheu-se cedo, antes da ceia, pretextando incômodo.

Barbosa despediu-se do pai e da mãe: não os queria ir acordar de madrugada, e contava partir antes de amanhecer.

Entrou para o quarto, mas não pôde dormir. A viagem que tinha de fazer contrariava-o imenso. Não sabia como passar ausente de Lenita. As poucas horas que estivera na fazenda do major Silva tinham-lhe parecido eternidades.

Viera a galope. E mais, para coroar a obra, os modos bruscos da moça. Acabou de arrumar a mala.

– Sim, senhor, disse, a Marciana arranjou isto muito bem. Está admirável, até com gosto, com arte. Mas, onde diabo foi ela buscar essência Vitória? Cheira que é uma delícia. Fez jus a cinco mil-réis, há de tê-los.

Tirou do armário uma garrafa de conhaque, bebeu um cálice, acendeu um charuto. Entrou a pensar.

– Que teria Lenita? Teria adoecido assim de repente? Regras, aquilo de certo eram regras: *tota mulier in utero* bem disse Van Helmont. Mas não era que estava mesmo apaixonado pela rapariga? Tinha graça!

Puxou com força uma fumaça, e continuou a pensar!

– Era casado, era quase um velho. Onde iria parar aquilo? Não levava a fatuidade ao ponto de crer que a rapariga estivesse apaixonada também pela sua respeitável pessoa... Mas em suma, por que não? Muitos velhos tinham inspirado paixões. A mulher de Lesseps era uma mocinha nova, quase uma criança, e casara por paixão. E demais ele, Barbosa, não era velho, era homem maduro apenas. Dado que o que havia entre ele e Lenita não fosse, como não podia mesmo ser, uma mera afeição de camaradagem, uma simples estima recíproca, que havia ele de fazer? Casar com Lenita não podia, era casado. Tomá-la por amante? Certo que não. Preconceitos íntimos não os tinha: para ele o casamento era uma instituição egoística, hipócrita, profundamente imoral, soberanamente estúpida. Todavia era uma instituição velha de milhares de anos, e nada mais perigoso do que arrostar, contrariar de chofre as velhas instituições; elas hão de cair, sim, mas com o tempo, a mesma lentidão com que se formaram, e não de chofre, como um relâmpago. A sociedade estigmatizava o amor livre, o amor fora do casamento; força era aceitar o decreto antinatural da sociedade. Demais, seu pai tivera Lopes Matoso em conta de filho; tinha a Lenita em conta de neta: um escândalo magoá-lo-ia profundamente, matá-lo-ia talvez.

Sentou-se junto à mesa, quebrou em um cinzeiro a cinza do charuto, apoiou o cotovelo do braço esquerdo sobre o joelho correspondente, encostou a cabeça no rebordo interno da mão, engolfou-se em cisma, tirando fumaça sobre fumaça.

Após largo espaço ergueu-se, atirou fora a ponta do charuto, entrou a passear nervoso de um para outro lado.

– Não, exclamou de repente, é preciso que isto acabe, há de acabar.

Deitou-se.

Às três horas ergueu-se sem ter conciliado o sono, chamou o pajem, mandou-o encilhar os animais, lavou-se, vestiu-se, calçou botas, calçou luvas, envergou o guarda-pó, pôs o chapéu, tomou às pressas uma xícara de café, que uma preta lhe trouxe, saiu, montou a cavalo e, acompanhado pelo pajem, seguiu jornada.

Lenita também não dormira.

O cheiro humano masculino que respirara na travesseira de Barbosa fora realmente um veneno para os seus nervos. Sentia-se de novo presa do mal-estar do histerismo antigo. Tinha anseios, tinha desejos, mas anseios, desejos acentuados, visando a objetiva certo. Ela ansiava por Barbosa, ela desejava Barbosa.

A seus olhos avultara ele, tomara proporções novas, realizara-lhe o ideal. Deixara-se subjugar, dominar pelo físico robusto e nervoso, pela pujante e culta mentalidade de Barbosa.

A fêmea altiva, orgulhosa, mas cônscia da sua superioridade, encontrava o macho digno de si: a senhora se fizera escrava.

Ao ouvir o estrupido dos animais na partida, Lenita abriu a janela, ergueu a vidraça, acompanhou com o olhar os vultos dos dois cavaleiros que se iam perdendo nas brumas da madrugada.

Notou que paravam, que se voltava o cavaleiro da frente, cujo guarda-pó muito claro punha uma nota muito branca no nevoeiro matutino.

Seria por um dos mil pequenos incidentes de viagem que paravam? Seria para contemplar Barbosa ainda mais uma vez, a casa em que ela ficara? Seria uma despedida?

Sem o querer, inconscientemente, Lenita apinhou os dedos, levou-os à boca, atirou um beijo ao espaço.

E desatinada, ardendo em pejo, muito embora certa de que ninguém a vira, fechou a janela arrojou-se à cama desatou em pranto convulso.

Despontou o sol, trazendo dia radiante, lindíssimo.

Lenita ergueu-se, vestiu-se às pressas, saiu a dar uma volta pelo pomar, deixando intactos o copo de leite e a xícara de café que lhe levara a servente.

O ar fino da manhã puríssima, saturado das emanações balsâmicas das árvores abafava-a, sufocava-a: parecia-lhe que respirava chumbo.

A luz do sol, a dourar a verdura mole do campo, era crua e incomparável a seus olhos. Achava algo de hostil na vegetação, em tudo.

Era-lhe odiosa a imobilidade dos cerros vizinhos, das montanhas que ao longe divisava. Um terremoto, um cataclismo que desmoronasse as serranias, alteando os vales, derramando os rios, convulsionando tudo, iria muito melhor ao seu estado de espírito do que essa calma da natureza, bárbara, estúpida.

Figurava-se-lhe estar dentro de um círculo de altas muralhas de aço brunido, cujo diâmetro se fosse a cada instante estreitando. Tudo lhe falava de Barbosa, tudo lhe recordava.

Aqui era a laranjeira-cravo junto da qual o vira, como em um avatar, como em uma transfiguração, risonho, franco, comunicativo, sob o aspecto que em um momento a cativara.

Ali era um grupo de ameixeiras, que servira de assunto a uma preleção de botânica industrial. Lembrava-lhe muito bem – ameixeira da Índia, ameixeira do Canadá, nomes impróprios, origens falsas. A árvore é autóctone da China e do Japão, onde vive em estado selvagem, é *a eriobotria, Mespilus japonica*. Está destinada a um grande papel no futuro, quando este país se tornar industrial. A geleia que produz não tem competidora, e a sua aguardente, coobada, levará de vencida a famosa *kirchwasser*.

Além era um renque de ananazeiros, a cujo respeito a exposição luminosa e fácil de Barbosa lhe tirara muitas dúvidas. Como lhe vivia na memória a descrição que ele fizera – *bromelia arianas*, família das bromeliáceas; folhas em corimbos, duras, quebradiças, alfanjadas, de perto de metro, às vezes, guarnecidas de acúleos; flor vermelha ou roxa, a emergir de um cálice duro, cor de sangue, em pecíolos longos de vinte a trinta centímetros; fruto lindo, pinhiforme, verde, branquicento, dourado, vermelho, constituído por uma série de bagas em hélice, soldadas, unificadas umas com as outras, em escamas orladas de pequenas folhas escarlates, coroado tudo por um penacho espinhento. *Abacaxi, naná, macambira, onore, uaca, achupala, naná-iacua,* chamava-se no continente sul-americano essa fruta adorável que, em 1514, Fernando, o Católico, declarou, na Espanha a primeira fruta do mundo. Gonzalo Hernandez, Lery, Benzoni descreveram-na em suas obras; Cristóvão Acosta deu-lhe o nome que hoje tem. Conta nada menos de oito variedades; penetrou na África até às margens do Congo, na Ásia até o coração da China: é soberbo em Pernambuco, mas onde atinge a perfeição em forma, em aroma, em gosto, onde chega a ser divino é no Pará.

Ainda além um mamoeiro...

E Lenita sacudiu a cabeça, interrompendo desesperada o seu curso de ideias; os ensinamentos de Barbosa, a sua erudição, o que ela reproduzia, mais lhe acendravam o desalento da saudade.

Não o podia crer ausente: ele lá estava, lá devia estar na sala do coronel, a arranjar um aparelho elétrico desmanchado: ou na varanda, a procurar em grossos léxicos uma raiz grega ou sânscrita. Sim, lá devia estar dentro, fazendo uma das coisas do costume. Quem sabe se precisava dela para o ajudar...

E correu. Antes de chegar ao portão parou. Tolices, Barbosa estava longe, partira, ela o vira partir.

A essa hora já tinha andado umas duas léguas, seis mil braças, treze mil e duzentos metros: cada minuto afastava-o dela cento e dez metros. No outro dia, às seis horas e dez minutos, precisamente, da tarde, deveria estar, estaria em Santos, a quarenta e cinco léguas, a trezentos quilômetros, a trezentos mil metros!

Recolheu-se abatida, mal almoçou, jantou ainda pior.

Ao entardecer, quando o sol, no descambar, derramava sobre a terra torrentes de luz amarela, suave, cor de ouro velho, projetando ao longe, gigantescas, as sombras dos animais, das árvores, das casas, dos cerros, Lenita com o peito opresso, a arfar em fôlegos curtos, foi sentar-se em um bosquezinho denso de amoreiras, sobre um alcantil, à beira do ribeirão.

Oculta pelo tramado da folhagem, ela abrangia um vasto trato de terreno no arco de círculo percorrido pelo raio visual. Na verdura veludosa do pasto, punham notas fortes grandes vacas muito pretas, malhadas de branco.

Um touro andaluz, vermelho, mugia ao longe, escarvando a terra. Um rebanho de ovelhas fuscas de cabeças e pernas muito negras pascia irrequieto, às cabriolas, tosando a grama aqui e ali.

Quase a seus pés, sob o alcantil das amoreiras, o riacho espraiava-se em uma corredeira rasa, sobre fundo de seixinhos alvos. Um capão de mato ralo começava à beira da água, indo morrer a pequena distância.

Lenita contemplava o amplo cenário, abstrata, distraída, imersa em cisma, olhando sem ver. Um mugido fero, ao perto, chamou-a à realidade.

O touro tinha-se aproximado de uma vaca muito gorda, cuja cria, terneira alentada, pastava já longe, deslembrada quase da teta.

Chegara-se farejando ansioso, cheirava o focinho da vaca, cheirava-lhe o corpo todo: erguera cabeça aspirando ruidosamente o ar, mostrando, no arregaçar luxurioso da beiça, a gengiva superior desdentada; soltara um berro estrangulado.

Fora o que Lenita ouvira.

O touro lambeu a vulva da vaca com a língua áspera, babosa, e depois, bufando, com os olhos sanguíneos esbugalhados, pujante, temeroso na fúria do erotismo, levantou as patas dianteiras, deixou-se cair sobre a vaca, cobriu-a, pendendo a cabeça à esquerda, achatando o perigalho de encontro ao seu espinhaço.

A vaca abriu um pouco as pernas traseiras, corcovou-se, engelhou a pele das ilhargas para receber a fecundação. Consumou-se esta em uma estocada rubra, certeira, rápida.

Era a primeira vez que Lenita via, realizado por animais de grande talhe, o ato fisiológico por meio do qual a natureza viva se reproduz.

Espírito culto, em vez de julgá-lo imoral e sujo, como se praz a sociedade hipócrita em representá-lo, ela achou-o grandioso e nobre em sua adorável simplicidade.

Um assobiar requebrado e terno que se fazia ouvir no riacho fê-la voltar para esse lado. Olhou, viu a Rufina, uma crioula nova de seios pulados e duros, de dentes muito brancos.

Chapinhava na água rasa da corredeira, de cabeça alta, risonha, erguendo as fraldas muito alto; descobrindo-se até o púbis, mostrando as coxas grossas, musculosas de um negro mate arroxado.

A assobiar sempre, avançou até o começo da corredeira, onde o álveo se afundava um tanto, sofraldou-se mais, prendeu a roupa à cinta, curvou-se, imergiu as nádegas na água murmurosa, e, às mãos ambas, procedeu a uma ablução de asseio, tônica ao mesmo tempo e excitante.

Depois, com água a escorrer em filetes lustrosos pela pele escura, baça, internou-se no capão.

Ouvia-se-lhe sempre o assobio requebrado.

Não levou muito e outro assobio respondeu-lhe.

Por uma trilha do ancantil oposto um preto, moço, vigoroso, desceu a correr, atravessou rápido a corredeira, internou-se por sua vez no capão.

Cessaram os assobios.

Lenita ouviu um murmurar confuso de vozes intercortadas, viu agitarem-se uns ramos e, pelos interstícios dos troncos, por entre o emaranhado dos galhos, lobrigou indistintamente uma luta breve, seguida pelo tombar desamparado, pelo som baço de dois corpos a bater a um tempo no solo arenoso do matagal.

Lenita mais compreendeu do que viu. Era a reprodução do que se tinha passado, havia momentos, mas em escala mais elevada: à cópula, instintiva, brutal, feroz, instantânea dos ruminantes, seguia-se o coito humano meditado, lascivo, meigo, vagaroso.

Abalada profundamente em seu organismo, com a irritação dos nervos aumentada por essas cenas cruas da natureza, torturada pela carne, mordida de um desejo louco de sensações completas, que não conhecia, mas que adivinhava, Lenita recolheu-se titubeando, fraquíssima.

O coronel tinha passado a noite mal, com um acesso de reumatismo; conservara-se todo o dia na cama.

Lenita foi vê-lo, demorou-se pouco, retirou-se para o seu quarto, fechou-se por dentro.

CAPÍTULO X

Tinha anoitecido.

Não havia luar, mas a noite estava clara. Na transparência escura do céu tropical as estrelas empastavam-se em um amontoamento inverossímil, como punhados de farinha luminosa em tela muito negra.

No terreiro, varado, em frente às senzalas, uma fogueira crepitava alegre, espancando a escuridão com seu brasido candente, com suas línguas de chamas multiformes, irrequietas.

Os negros tinham acabado uma carpa nesse dia, e o coronel dera-lhes permissão para folgar, mandando ao mesmo tempo que o administrador lhes fizesse uma larga distribuição de aguardente.

Ao som de instrumentos grosseiros dançavam: eram esses instrumentos dois atabaques e vários adufes.

Acocorados, segurando os atabaques entre as pernas, encarapitados, debruçados neles, dois africanos velhos, mas ainda robustos, faziam-nos ressoar, batendo-lhes nos couros, retesados, às mãos ambas, com um ritmo, sacudido, nervoso, feroz, infrene.

Negros e negras formavam um vasto círculo agitavam-se, permeavam, compassadamente, rufavam adufes aqui e ali. Um figurante, no meio, saltava, volteava, baixava-se, erguia-se, retorcia os braços, contorcia o pescoço, rebolia os quadris, sapateava em um frenesi indescritível, com uma tal prodigalidade de movimentos, com um tal desperdício de ação nervosa e muscular, que teria estafado um homem branco em menos de cinco minutos. E cantava:

Serena pomba, serena;
Não cansa de serená!
O sereno desta pomba
Lumeia que nem meta!

Eh! Pomba! eh!
E a turba repetia em coro:
Eh! Pomba! eh!

A voz do cantor, fresca modulada de um timbre sombrio, coberto, tinha uma doçura infinita, um encanto inexprimível.

Fechando-se os olhos, não se podia crer que sons tão puros saíssem da garganta de um preto, sujo, desconforme, hediondo, repugnante.

A resposta coral, melopeia inarmônica, mas cadenciada em quebros de uma tristeza suavíssima, repercutia pelas matas no silêncio da noite, com uma grandiosidade melancólica e estranha.

A letra nada dizia; a toada, o canto era tudo.

E os atabaques retumbavam, rufavam os adufes, desesperadamente.

O dançarino, sempre a cantar, sempre naquela agitação, naquela coreomania estupenda, percorria a roda sem sustar-se para retomar alento, sem dar mostras de cansado. Em sua testa baça não brilhava uma baga de suor.

De repente, vendo um tição inflamado na mão de um companheiro, asiu-o, entrou a descrever com ele no ar figuras caprichosas, círculos, elipses, oitos de algarismo. Bateu-o no chão, espalhou na roda milhares de faúlas... O entusiasmo ascendeu ao delírio.

O dançarino deitou fora o tição, arrojando-o longe com impulso vigorosíssimo. Depois afrouxou, moderou um pouco os movimentos. Entreparou ante um dos da roda, bamboando-se, fazendo-lhe gaifonas, como que reptando-o para que saísse ao terreiro.

O desafiado aceitou a provocação, saiu-lhe ao encontro, dançando, saracoteando-se, também.

Eh! Pomba! eh! – gemia o coro.

Os figurantes, que eram então os dois, começaram de girar em torno do outro, atacando-se perseguindo-se, fugindo, como duas borboletas amorosas. Recuaram, depois avançaram de frente, lento, medindo-se. Deixaram pender os braços, afastaram as cabeças, protraíram os ventres, curvando as pernas, fizeram estalar uma embigada artística, sonora, retumbante, que se ouviu longe.

Eh! Pomba! eh! – continuava a gemer o coro.

O primeiro figurante embarafustou-se por entre os companheiros, rompeu a roda, sumiu-se, deixando só o sucessor que continuou na faina com a mesma galhardia.

Os que não dançavam, que não tomavam parte no samba, grupavam-se aos magotes, acotovelando-se; olhavam em silêncio, enlevados, absortos.

Do solo batido pelo tripudiar de tanta gente erguia-se uma nuvem de pó, avermelhada pelo clarão da fogueira.

A garrafa de aguardente andava de mão em mão: não havia copos; bebiam pelo gargalo.

Ao cheiro de terra pisada, de cachaça, de sarro de pito, sobrelevava dominante um cheiro humano áspero, aliáceo, um odor almiscarado forte, uma catinga africana, indefinível, que doía ao olfato, que cortava os nervos, que entontecia o cérebro, sufocante, insuportável.

Enquanto se dançava no terreiro, Joaquim Cambinda, escravo octogenário, inútil para o trabalho, estava sozinho, sentado em um cepo, ao pé de um fogo de lenha de peroba, no paiol velho abandonado, que a rogo seu lhe fora concedido para morada.

Era horroroso esse preto: calvo, beiçudo, maxilares enormes, com as escleróticas amarelas, raiadas de laivos sanguíneos, a destacarem-se na pele muito preta. Curvado pela idade, tardo, trôpego, quando se erguia e, envolto na sua coberta de lã parda, dava alguns passos, semelhava uma hiena fusca, vagarosa, covarde, feroz, repelente. Tinha as mãos secas, aduncas; os dedos dos pés reviravam-se-lhe para dentro, desunhados, medonhos.

O paiol velho formava uma vasta quadra de telha-vã de chão de terra, esburacado. A um canto um chalo de paus roliços, com uma esteira, um travesseiro negro e lustroso, umas traparias imundas: era a cama do africano. Por baixo do chalo, no desvão escuro, punha uma nota branca um urinol velho de louça ordinária, desbeiçado, com um arquipélago de incrustações úricas no fundo muito fétido, nauseabundo. Junto do chalo, uma caixa de pinho, cuja fechadura nova, envernizada, destacava-se muito lustrosa na madeira caranchada, enegrecida pela fumaça. Em outro canto, fronteiro ao chalo, sobre uma mesa coxa, um oratório vetusto, de gonzos enferrujados, gastos, roído de ratos em vários lugares, muito ensebado. Pelas paredes, saquinhos de boca amarrada, samburás, porungas de pescoço, guampas boi cartolas antiquíssimas, sobrecasacas arcaicas, de três pontas na lapela, do tempo do rei. Por todo o chão, abóboras, pepinos maduros, espiga de milho com casca, cabos de instrumentos de lavoura, cepos de madeira, cascas de ovos, talos de couve, montes de cisco.

A porta estava apenas cerrada: abriu-se e entrou uma negra ainda moça, magra, baixinha, de olhos fundos, olhar febril. Estava vestida de cores muito espantadas, saia amarela, casaco vermelho. Tomou a bênção a Joaquim Cambinda, e foi sentar-se em silêncio junto do fogo.

Um a um, vieram outros pretos e pretas. Entravam, davam louvado ao velho, e, silenciosos, acomodavam-se sobre cepos, ao pé do fogo: ao todo dez.

Quando completo esse número, Joaquim Cambinda disse:

– Fessa pota!

A negra que primeiro chegara levantou-se, cumpriu a ordem, voltou a sentar-se em seu lugar.

Reinou silêncio por largo espaço.

Fora ouvia-se o coro retumbando na noite:

Eh! Pomba! eh!

Joaquim Cambinda acendera um cachimbo de longo canudo, e fumava tranquilo, sem parecer dar fé dos circunstantes.

Cerca de meia hora levou absorto, com os olhos cerrados meditando, cochilando, a puxar fumaças, morosamente, preguiçosamente.

Quando se consumiu o carrego do cachimbo, sacudiu as cinzas, bateu-o bem, cuidadosamente, soprou-lhe o canudo, encostou-o à parede. Ergueu-se e, lento, titubeante, monstruoso, caminhou para o oratório, chegou, abriu-lhe as folhas da porta de par em par, tirou para fora duas velas de cera que estavam dentro, em castiçais de latão, riscou fósforos, acendeu-as, iluminou o interior do nicho, revestido de papel de prata, mareado.

Dois eram os divos desse mesquinho e sórdido larário: um São Miguel de gesso, cambuto, retaco, muito feio, muito pintado de excretos de moscas; e um manipanço, tecido inteirinho de cordas finíssimas de embira, hediondo, pavoroso, mas admirável pelos detalhes anatômicos, estupendo como obra de paciência.

Os negros ergueram-se todos, reverentes.

– Zelómo, disse Joaquim Cambinda, ussê penso bê nu quê ussê vai fazê, lapássi?

– Penso, mganga.

– Intonsi, ussê qué memo si rissá ni rimanári ri San Migué rizáma?

– Qué, mganga.

Que era muito bom, explicou Joaquim Cambinda na sua meia língua, pertencer um preto à irmandade de São Miguel das Almas, mas que também era perigoso; que quem não tinha peito não tomava mandinga; que o branco queria, por força, saber o segredo dos irmãos de São Miguel, e que para isso surrava o preto, mas que o preto que revelava o segredo de São Miguel morria sem saber de quê. Fez o neófito beijar os pés de São Miguel, fê-lo beijar os cornos do Satanás a ele sotoposto, fê-lo beijar as partes genitais do manipanço; ditou-lhe juramentos solenes, cominou-lhe penas terríveis no caso de infração. Recebeu dele dinheiro, trinta mil-réis, seis notas de cinco mil-réis, que estavam no bolso da calça, muito enleadas em um lenço de chita muito sujo. Passou à parte doutrinária, entrou a iniciá-lo na arte terrível dos feitiços e dos contras, a dar-lhe meios de matar, de curar. Ensinou-lhe que a semente do mamoninho bravo (*Datura stramonium*), socada, macerada em aguardente, cega, enlouquece, mata dentro de poucas horas; que osso de defunto, cuja carne caiu de podre, raspado e posto em uma comida qualquer, produz amarelão incurável; que o sapo verde do mato virgem, sufocado a fogo lento, dentro de uma panela nova coberta por testo novo, morre largando uma espumarada branca, com a qual, diluída em água, se produz uma hidropisia necessariamente mortal; que as folhas do jaborandi (*Pilacarpus pinnatifolius*), pisadas, reduzidas a massa, aplicadas aos sovacos, produzem suares e salivação, curam muitas moléstias; que a raiz de Guiné (*Mappa graveolens*) e a nhandiroba (*Fevillea cordifolia*) são contras poderosíssimos para todas as coisas feitas.

Ensinou mais uma infinidade de superstições, medonhas umas, outras muito ridículas: que a mão ressequida de uma criancinha morta sem batismo é um talismã precioso para conciliar o amor; que uma lasca de pedra de ara, furtada a uma igreja, fecha o corpo, toma-o invulnerável a tiros de arma de fogo, a pontaços de arma branca; que café coado com água de banho por fralda de camisa de mulher, ou por fundilho de ceroula de homem, sem lavar, capta a simpatia, amansa o gênio bravo; que corda de enforcado faz ganhar dinheiro ao jogo; que uma figa de raiz de arruda, arrancada em sexta-feira maior, é remédio soberano de quebranto, de mau-olhado; que, para inutilizar um mestre feiticeiro, para tirar-lhe o poder, é preciso surrá-lo com uma vara de fumo e quebrar-lhe na cabeça três ovos chocos.

Passou a curar o neófito, fechar-lhe o corpo, a anestesiá-lo para não sentir castigos físicos: mandou que se despisse, que se pusesse de quatro pés, como uma besta. Murmurando palavras inconexas, frases de engrimanço, untou-o com uma pomada rançosa que tirou de uma latinha muito oxidada, borrifou-o com uma água de uma porunga que desprendeu da parede. Disse-lhe que era preciso repetir a operação em mais seis sextas-feiras, para que o encanto ficasse completo, e o corpo insensível de uma vez.

Para provar com fatos o seu poder, para demonstrar a eficácia dos seus sortilégios, chamou a preta magra, a primeira que viera. Acudiu ela, aproximando-se ligeira, muito contente. Passou-se uma cena estranha.

Joaquim Cambinda tirou do oratório uma agulha de coser sacos, comprida, acerada e, tomando o braço esquerdo da preta, atravessou-o de parte a parte, em vários lugares, por várias vezes, sem que ressumasse uma pinga de sangue: a paciente olhava curiosa para o braço, sem dar a mínima mostra de dor.

Joaquim Cambinda largou a agulha, afastou-se um pouco, baixou-se, fitou-a de modo particular, por sob a pálpebra, com a pupila brilhante, fixa como a de um réptil.

A rapariga soltou um grande grito, e levou as mãos ambas ao peito. A bola! A bola! Sufoco! – exclamou.

E caiu desamparada, com os olhos esbugalhados, em alvo, com a boca torta, com os membros contorcidos por convulsões tetânicas.

Estenderam-se-lhe, inteiriçaram-se os braços, os punhos viraram-se para fora; os dedos fecharam-se, penetrando quase as unhas nas palmas das mãos; a língua estava negra e pendente, betada aqui e ali por fios de baba escumosa.

E revolvia no solo, aos saltos, como uma cobra cortada aos pedaços.

De súbito largou um berro entrecortado, gutural, rouco, que nada tinha de humano. Deu uma estremeção, curvou-se para trás, assumiu a forma de um bodoque retesado, quedou-se imóvel, dura, firme, em uma posição impossível: por uma parte tinha o alto da cabeça apoiado ao solo, e, por outra, os dois pés que assentavam em cheio, um pouco separados; ao todo três pontos de apoio.

Os punhos continuavam cerrados, e os braços tesos, ao longo do corpo. A rigidez era cadavérica mais ainda, marmórea, metálica.

Joaquim Cambinda sorria-se medonhamente.

Com uma agilidade que desmentia o seu vagar, o seu tolhimento costumeiro, e de que ninguém o teria julgado capaz, trepou de um salto sobre essa esquisita ponte humana.

Com os olhos reluzentes; como o clarão do fogo a refletires-lhe na calva negra, polida mostrando os dentes amarelos em esgares diabólicos, ele pulava, tripudiava sobre o estômago, sobre o ventre, sobre o púbis da convulsionada.

Ela não se abalava, não se mexia sob o impulso dos pés, sob a ação do peso do monstro: semelhava uma ponte de arco, feita de cantaria.

Joaquim Cambinda desceu, foi a um canto buscar um cabo de picareta, e com ele entrou a bater-lhe duro no peito, no ventre.

Os golpes sucediam-se, crebros, com um som baço, abafado, como se fossem dados em um saco de trapos.

De súbito a vítima desinteiriçou-se, recobrou moleza vital, recaiu no solo pesadamente, em atitude humana.

Inundavam-lhe o rosto grossas camarinhas de suor.

Os assistentes estavam aterrados.

O tétrico hierofante desses horrendos mistérios tinha apagado rapidamente as velas, tinha fechado o oratório, estava de novo silencioso, sentado em um cepo, atiçando o fogo.

A rapariga dormia, dormia profundamente, respirando alto, em estertores.

Fora, o samba continuava; ouvia-se tutucar dos atabaques, e o estrupido surdo dos pés; sonoro, melancólico, plangente, repercutiu o estribilho:

Eh! Pomba! Eh!

CAPÍTULO XI

Havia muitos dias que Barbosa partira, e apenas tinha escrito uma carta ao coronel, sobre negócios, na qual lhe dava esperanças de salvar trinta por cento do material comprometido.

A princípio Lenita mandava o moleque à vila todos os dias buscar o correio. Muito antes da hora de ele voltar, já ela estava à porta a espiá-lo. Quando no alto do morro despontava o seu vulto, vestido de algodão branco, sacudido pelo chouto de um burrinho ruço velho, a pôr uma mancha de alvadia e movediça no amarelo baço do caminho, ela corria à porteira da cerca, a encontrá-lo.

Tomava com mão febril o surrãozinho de sola em que vinha a correspondência, abria-o e, como só caíssem jornais, perguntava nervosa, trêmula, afagando ainda um resto de infundada esperança:

– E as cartas, onde estão as cartas?

É indescritível o seu desapontamento, a sua cólera mesmo ao ouvir a resposta do moleque, voz lenta, doce, meio cantada, indiferente:

– Carta não tem.

Aborreceu-se, não o mandou mais à vila buscar o correio e, quando ele, de si próprio, lhe ia entregar os jornais, dizia ela com mau modo:

– Ponha lá em cima da mesa.

Um dia, a destacar-se no emaranhamento de letra miúda de um maço de Jornal do Comércio, viu ela uma carta volumosa, empanturrada. O sangue refluiu-lhe todo ao coração quando reconheceu a letra de Barbosa no subscrito liso, do papel diplomata:

Ilma. Exma. Sra.
D. Helena Matoso.
Vila de *** Província de S. Paulo.

Arrancou-a violentamente da mão do moleque, deixando cair por terra os jornais, que não curou de erguer: acolheu-se ao seu quarto, apenando-a de encontro ao seio.

Fechou a porta por dentro, à chave; semicerrou as janelas, deixando apenas interstício por onde entrasse a luz necessária. Não queria ser vista, não queria que ninguém a pudesse incomodar.

A tremer, com as mãos tactas, despedaçou o envelope, impacientemente, brutalmente quase.

A carta constava de muitas folhas de papel paquete, *pelure d'oignon*, cobertas de letra cursiva em todas as laudas, tudo numerado muito em ordem. Lenita leu:

"Santos, 22 de janeiro de 1887.
Minha prezada companheira de estudos.

Aqui estou, pela primeira vez em minha vida, no porto de mar de nossa província, em Santos, terra cálida, úmida, sufocante, preferida por Martim Afonso aos feiticeiros arredores da baía de Guanabara. Os reverendos Kidder e Fletcher, no livro que publicaram sobre o Brasil, deram-se a perros para descobrirem a razão da preferência e... ficaram em jejum. O mesmo me acontece. Com efeito, por que teria Martim Afonso preferido isto ao Rio de Janeiro? Tudo levava a crer que era o contrário que se devia dar. Que rasgo de intuição genial, que vista interna miraculosa teria revelado ao colonizador português a superioridade imensa desta zona vicentina em que há terra roxa, em que há um clima sem rival para a lavoura, sobre a orla limítrofe, de terra vermelha, árida, sequiosa? E o caso é que sem razão aparente, sem dados aceitáveis, houve a preferência, e que essa preferência criou a primeira província do Brasil, e quiçá o primeiro dos pequenos estados livres do mundo.

Eu me vejo em apuros, mas é para dizer o que vem a ser esta nesga do litoral em relação à climatologia; é para achar-lhe um termo de comparação.

Falam no Senegal: o Senegal é mais quente, valha a verdade, mas não é tão abafado. Lá respira-se fogo, mas respira-se. Aqui não se respira nem fogo, nem coisa nenhuma. O ar é pesado, oleoso; parece que lhe falta algum elemento, isso quando não há o vento célebre que os nativos chamam noroeste: quando sopra, reina esse *semoum* africano, esse vendaval-peçonha, Santos é miniatura do inferno: Imagine-se um tufão dentro de um forno.

Os dias são horríveis: se há chuva, o que é raro, o sol queima, esbraseia a terra, a ponto de se poderem fritar ovos sobre as pedras das calçadas. Mas ainda há coisa mais horrível do que dias, são as noites. A atmosfera queda-se, morre. Olha-se para as flâmulas dos navios, imóveis; para as franças das árvores, imóveis; para os leques das palmeiras imóveis. A gente a asfixiar no irrespirável e morto parece-se com os *mamouths* que se encontram inteiros nos gelos ela Sibéria, ou com esses insetos mumificados, há milhares de anos, na transparência dourada do âmbar amarelo. É uma situação aflita; desespera, tira a coragem, dá vontade de chorar, lembra os horrores da Treva de Byron.

A vida aqui é uma negação da fisiologia, é um verdadeiro milagre: não há hematose perfeita, as digestões são laboriosíssimas, sua-se como no segundo grau da tísica pulmonar, como na convalescença de febres intermitentes. Eu, se fosse condenado a degredo em Santos, já não digo por toda a vida, mas por um ano ou dois, suicidava-me.

Mas, que peixes! Que esplêndidos mariscos! As pescadas amarelas, uma delícia! As garoupas divinas! Comi em França ostra de Cancale, de Merennes, de Ostende; comi a ostra rosácea do Mediterrâneo, a ostra lamelosa da Córsega: nada disso se pode comparar à ostra de Santos. Tenra, delicada, saborosíssima, ela apresenta essa coloração verde, esbatida, tão apreciada pelos finos *gourmets*: Moquim Tandon, Valenciennes, Bory de St. Vicent, Gaillon, Priestiey, Berthelot inventaram mil teorias cerebrinas para explica-la, e, todavia, ela é apenas um sintoma de moléstia, é devida a um estado mórbido, a uma anasarca de molusco.

Tão detestável é a terra, o clima em Santos, quanto apreciável é o peixe, quão superior é o homem: maus fatores a darem produtos excelentes, verdade paradoxal, mas verdade irrecusável, absoluta.

O povo santista é polido, afável, obsequioso, flanco: a riqueza que lhe proporciona o comércio de sua cidade fá-lo generoso, até pródigo. E tem nervo, tem brio: é o único povo que eu julgo capaz de uma revolução nesta pacata província. Não há muito em uma questão de abastecimento de água ele deu mostras de si...

Gosto, gosto imenso, em Santos, tanto do peixe como do homem.

Um pouco de estudo agora, para não perder-se o costume, para voltarmos a nossa *marotte*, à nossa *telha*.

A costa do Brasil, como muito bem faz observar o conde de Lahure em sua obra sobre este país, oferece desde a ilha do Maranhão até Santa Catarina uma singularidade notável: é debruada em toda a sua extensão por dois fundos altos, por dois arrecifes, que a bordam, que lhe constituem um como molhe natural, que a garantem da impetuosidade elas ondas, continuamente agitadas no Atlântico sul-americano.

Um desses arrecifes, o que está mais chegado à costa, é como uma cinta de rochas que envolve o litoral. Em lugares rasga-se até o fundo do mar; em lugares ergue-se, mas não lhe chega à superfície, em lugares está de nível como ela; em lugares alteia-se sobre ela até grande elevação.

São os recorres dessa penedia que formam todas as embocaduras, todas as baías, todos os portos, todas as abras da costa brasileira.

O segundo aparcelamento, como que uma barbacã, do primeiro, está em distância de oito a quarenta quilômetros da costa, em profundeza irregular, quase sempre fraca.

Os pontos descobertos constituem ilhas, algumas elevadíssimas: as Queimadas, os Alcatrazes, o Monte de Trigo são saliências do contraforte externo; a ilha do Enguá-Guaçu ou de Santos, a do Guaíbe ou de Santo Amaro, a da Moela, a encantadora ilhota das Palmas, são os picos do arrecife interno.

E que serão esses parcéis, essas duas cintas de rochas, senão o aparecimento, as primeiras prostrações, ainda marinhas, da Serra do Mar, chamada aqui Serra do Cubatão, Serra de Paranapiacaba. A cordilheira vem dos abismos do oceano, surde, emerge, levanta-se abrupta, fecha o horizonte com seus visos alterosos, que lá se enxergam ao fundo, cobertos de nuvens, a entestar com o céu, como barbaçãs, como muralhas de um castelo titânico.

Meditemos um pouco. Reconstrua o raciocínio: o que o homem não pode ver no espaço breve de sua vida curta.

O mar outrora banhava a raiz da serra, e os ventos do largo, encanados pelas bocainas, suscitavam maretas temerosas na planície onde hoje corre, arfando, a locomotiva.

As aluviões, os enxurros da cordilheira, grossos de terra, rolando seixos enormes, em luta com a força das marés que se encrespavam em macaréus, foram depositando sedimentos, detritos, em torno dos cúcleos penhascosos do Guaíbe e do Monserrate. No volver de milhares de séculos o fundo alteou-se, emergiu as ondas, constituiu as vastas planuras do sopé da serrania. Vasas moles ao princípio, lamarões, brejos marinhos, essas planícies foram-se cobrindo de mangues verdes, de siruvas e, depois, de outras vegetações mais alentadas: formaram terrenos sólidos, cortados de muitos esteiros.

A planície santista, bem como toda a planície da costa brasílica, é uma conquista da cordilheira.

E essa conquista continua ainda, continuará indefinidamente, de dia, de noite, a todas as horas, a todos os momentos; lenta, imperceptível mas intérmina, incessante; não há tréguas na luta entre a terra e o mar.

As margens dos esteiros, chamados aqui rios, aproximam-se cada vez mais, o fundo sobre. Pelo canal da Bertioga passou, à larga, a frota de Martim Afonso; passava, até há bem pouco tempo, o vapor costeiro Itambé: hoje o pequeno rebocador Porchat passa com dificuldade, vira com perigo, por vezes encalha.

Em Santos, junto da cidade, não existe mar no sentido rigoroso do termo: existe um estuário de água salobra, que tende a diminuir, que se vai fazendo raso todos os dias. E não há obviar-lhe.

O famoso e protelado cais, caso se construísse, seria um pano quente: melhoraria o porto por uns pares de anos, afinal ficaria inutilizado. O fundo vai ganhando, há de ganhar de uma vez; o passado aponta o futuro. Debalde o oceano refluído, repulsado, concentra as forças sobre outro ponto e ataca São Vicente. Ganhou uma aparência de vitória, é verdade: sobre a antiga povoação de Martim Afonso, ameaça a moderna: mas lá está o inimigo, a montanha, para detê-lo, para sustá-lo, para repeli-lo, com avalanches de pedras, com médão de lodo.

E há exemplos disso, recentes na história geográfica do velho mundo: Luiz IX de França embarcou-se em Aigues-Mortes, para as Cruzadas, duas vezes, uma em 1248; outra em 1269; Aigues-Mortes está atualmente a seis quilômetros do mar. A cidade de Adria sobre o canal Bianco, derivativo do Pó, está hoje a trinta quilômetros do Adriático; pois era banhada por ele, foi ela até que lhe deu o nome.

Em tais condições não admira o noroeste, não admira o calor de Santos.

O vento largo, o vento de sudeste encana-se por entre as cordilheiras de Santo Amaro e do Monserrate, revoluteia pela planície, vai à cordilheira e, de lá, repelido, reboja, volta, mas não volta só. Vem misturado, confundido com o vento quente do interior, com o vento aquecido nas terras roxas do Oeste, aquecido no vasto *plateau* de Piratininga. É o famoso, o temido, o execrado noroeste.

Ora ajunte-se o calor químico, o calor desenvolvido pela fermentação de incalculáveis massas de detritos orgânicos, em uma planície vastíssima rodeada, quase fechada por montanhas; tome-se em consideração que esse calor só é absorvido em parte mínima pelos paredões da cordilheira, que é refletido, convergido por eles sobre Santos; atenda-se a que a vizinhança do mar tende sempre a elevar a temperatura da atmosfera, e cessará a admiração de que seja isto aqui o quinto cúmulo térmico do globo, de que em assuntos da calidez só preste obediência à Abissínia, a Calcutá, à Jamaica e ao Senegal.

É curiosa Santos como cidade, tem cor sua, inteiramente sua. As casas são quase todas construídas de alvenaria, com soleira e portas de granito lavrado.

O ar, salitroso pelas emanações marinhas, ataca, rói, carcome a pedra. Não há ver aí superfícies lisas. Tudo é áspero, caraquento, semidecomposto.

Sobre grande parte dos telhados viceja uma vegetação aérea, forte, vivaz, gloriosa.

Vista do mar, do estuário, a cidade é negra: *black town* lhe chamam os ingleses.

Os enormes vapores transatlânticos alemães, os esquisitos e bojudos carregadores austríacos, as feias barcas inglesas e americanas de costado branco, os mil transportes de todas as nações, entram pela ria, encostam-se à praia, varam quase em terra, afundam as quilhas no lado negro, constelado de cascas de ostras, de ossos, de cacos de louça, de garrafas, de latas, de ferros velhos, dessas mil imundícies que constituem como que os excrementos de uma povoação. Comunicam com a terra por pranchões lisos, ou canelados a tabicas.

Pelas ruas vai e vem, encontra-se, esbarra-se um enxame de gente de todas as classes e de todas as cores, conduzindo notas de consignação, contas comerciais, cheques bancários, maços de cédulas do tesouro, latinhas chatas com amostras de mercadorias. Enormes carroções articulados, de quatro rodas, tirados por muares possantes, transportam da estação do caminho de ferro para os armazéns, e deles para as pontes, para o embarcadouro, os sacos de loura aniagem, empanturrados, regurgitando de café. Homens de força bruta, portugueses em sua maioria, baldeiam-nos para bordo, sobre a cabeça, de um a um, ou mesmo dois, em passo acelerado, ao som, por vezes, de uma cantiga ritmada, monótona, excitativa de movimento como um toque de corneta.

Nos armazéns, vastos cimentados, manobrando pás polidas, gastas pelo uso, batem o café, fazem pilhas, cantando também.

E não deixam de ter cena elegância bárbara, com um saco vazio, sobre a cabeça, à laia de *capelhar*, moda árabe, talvez reminiscência inconsciente atávica.

Na praia, a poucos metros da água, um como mercado pantopolista: sobre mesas sólidas, de mármore, estendem-se alinhadas, com reflexos de aço, de prata, de ouro, os peixes admiráveis do lagamar e do alto – as tainhas gordas, de focinho rombo; os paratis que são diminutivos delas; as corvinas corcovadas, pardas; os galos espalmados, magros; os pargos de dentes e de beiços redondos, carnudos; as pescadas do alto, fulvas, enormes; os linguados, vesgos, delicados; as solhas, linguados gigantescos, macias, chatas; as garoupas, de cor de ferrugem, de olhos esbugalhados, atarracadas, escondendo sob formas brutas, um mundo de delícias gastronômicas; as pescadinhas brancas, argênteas, com um fio de ouro verde a sulcar-lhes os flancos os bagres lisos, visguentos, feios; os camarões, brancos, arroxados, com longas barbas, em rodas, sobre tampas de vime; os caranguejos, pelados, morosos, batendo uns nos outros a couraça sonora; os siris azulados.

Em torno à casa, sob os beirais do telhado, sob toldos de pano, ao ar aberto, pilhas de laranjas, de ananases, de melancias, de goiabas, de cocos, de cachos de bananas, mil espécies de frutas em uma abundância fastidiosa, desanimadora, com um cheiro enjoativo de madureza passada; grãos, legumes, hortaliças, raízes, ervas de tempero, tomates, pimentas; quadrúpedes e aves, domésticas e selvagens, leitões, quatis, perus, tucanos; conchas, caramujos, esteiras, cordas, quinquilharias, uma babel, um *bric*-à-brac infernal.

Às três horas começa a cessar o movimento: a população emigra para São Vicente e para a Barra. À tarde a cidade está silenciosa, deserta, morta. Há todos os dias uma transição crua, brusca, da agitação para o marasmo, que dá tristeza.

Eu subi ao Monserrate.

É uma eminência de cento e sessenta e cinco metros, quase a prumo, coroada por uma igrejinha branca, o que se pode imaginar de mais pitoresco, de mais singelamente grandioso, de mais encantador.

Sobe-se por um caminho acidentado.

O que se vai desenrolando aos olhos durante a ascensão é simplesmente maravilhoso. A planície estende-se ao longe, nivelada pela natureza, coberta de uma alcatifa de mangue; a cidade, em quarteirões regulares, paralelogramáticos, ocupa o sopé do morro, betada de ruas de calçamento pardo, manchado aqui e ali por maciço verde de árvores, por uma palmeira esguia; ao fundo, de um e outro lado a serra do continente; fronteiras as colinas abruptadas de Santo Amaro. O ancoradouro, o pego do Canehu e outros largos do estuário semelham chapas de aço polido, com as quais põem notas de vários tons os pontões desgraciosos, os navios que estão sobre ferro. As canoas, os escaleres resvalam como insetos ligeiros; uma outra vela pica de branco a escuridade metálica da superfície da água, e o sol ilumina tudo com sua luz dourada muito suave.

Os esteiros embebem-se pela verdura fofa dos mangais, um deles, muito sinuoso, afunda-se visível por espaço longo, fraldeia a colina cônica chamada Monte Cabrão, some-se, reaparece muito longe, refletindo a luz do sol, torna a sumir-se. É o canal histórico da Bertioga.

À direita uma imensidade azul que parece vir do infinito, que dir-se-ia um desdobramento do horizonte, avança arfando, em estos chega, beija a praia, morre em uma ourela de espuma alva, móvel, murmurosa... Salve, oceano, alma pater, laboratório da vida terráquea, povoador do planeta!

Ah! Lenita. Imagine: o oceano – a força, o ataque; a terra – a firmeza, a resistência; o ar – hematose, a vida; o sol – o calor, a luz, a fecundação, – tudo em porfia de prodigalidades, a construir, a ornar um cenário vasto de *struggle for life*, de luta pela existência, no qual se debatem, se fogem, se perseguem, se matam, se devoram todos os seres da criação, o zoófito, o molusco, o entomazoário, o vertebrado!

Aqui, nestas alturas, sob a imensidade do céu, a dominar a imensidade das águas é que sente-se grande, é que sente-se orgulhoso o antropoide falante que arranca a esponja do abismo, que paralisa a força incalculável do cetáceo, que fulmina a andorinha perdida na amplidão, que avassala o oceano, que escraviza o raio, que rasga os véus do espaço, que desvenda os mistérios do infinito!

Oh! Eu a queria, aqui, junto de mim; eu queria ler-lhe a fixidez concentrada do olhar, no descoramento de face a profundeza da impressão que em espírito como o seu produz uma cena como esta!

...

Paulo minora canamus; agora terre à terre.
Esta carta vai um pouco de arrepio com as leis da cronologia; eu inverti a sucessão dos fatos, comecei pelo fim, falei de Santos, e calei a viagem.

Faço *amende honorable*, vou reparar a falta.

Até a capital nada havia para mim de novo: conheço de há muito todos os caminhos de ferro, todas as estradas de rodagem que a ligam ao interior da província; estudei bem e até com interesse porque dela sou acionista, a estrada de Ferro Leste, impropriamente chamada Estrada do Norte.

Da capital a Santos foi que rolei em pleno desconhecido, foi que se me deparou assunto novo de estudo.

Os campos famosos de Piratininga constituem um *plateau* que coleia suave, em outeiros mansos, emoldurado à direita pelos cabeços longínquos da Serra do Cubatão, à esquerda pelos visos azulados da Cantareira, pelos picos verdoengos do Jaraguá.

De leste a oeste, um pouco ao norte da cidade, rola o Tietê profundo, negro, taciturno, formando um vale extensíssimo, muito largo.

A conformação atual desse vale, a turfa pantanosa que o constitui em grande parte, o alagamento anual que nele se opera, tudo atesta que ele foi em tempo um lago enorme, sinuoso, semeado de ilhas, um mar de água doce, que ia talvez até Mogi das Cruzes.

A serra da Cantareira e a vertente norte da serra do Cubatão deram batalha aluvial ao mediterrâneo doce, venceram-no, entupiram-no: o vale do Tietê é a conquista. As correntes de águas perenes conglobaram-se, aunaram-se, cavaram leitos, formaram os rios que hoje retalham a planície.

Vi de relance o casarão que se está fazendo para comemorar independência, ou melhor, para comemorar... por que não dizê-lo? Para comemorar o desarranjo funcional que levou o Senhor D. Pedro de Bragança e apear-se ali, às quatro horas da tarde do dia 7 de setembro de 1822.

Não há ver nestas paragens aflora maravilhosa das nossas zonas do Oeste, os perovões, as batalhas enormes, os jequitibás de cinco metros de diâmetro: a vegetação arborescente é enfezada, baixa, quase anã. Não é basta, contínua: forma reboleiras, restingas, capões, ilhas de verdura, no amarelado pardo do campestre interminável.

Esta região é considerada estéril, maninha: nada mais injusto. Verdade é que não vinga aqui o cafeeiro, que a cana é somenos a de Capivari e mesmo a de Santos, que o algodoeiro não se pode comparar com o de Sorocaba; mas, por Deus! Nem só café, açúcar e algodão é riqueza.

A vinha medra de modo assombroso: com uma cultura inteligente, com uma poda antecipada, poderia ela produzir em princípios de dezembro, evitando as chuvas de janeiro que lhe águam os bagos, que lhes deturpam os racimos. Em São Caetano, em terras outrora baldias, de que ninguém fazia caso, há vinhedos formosíssimos plantados por italianos. A vista alegra-se com a simetria das parreiras, o coração rejubila com a ideia de uma prosperidade imensa, geral, em futuro não remoto, por todos os ângulos de nosso... de nossa província, eu ia escrevendo estado.

As hortaliças são enormes: um dia destes vi eu uma couve vinda de São Paulo que era um monstro de desenvolvimento: tinha folhas de cinquenta centímetros de diâmetro menor; media-lhe o caule muito mais de dois metros.

E por que não há de se cuidar do trigo? Os antigos cuidaram com sucesso: em São Paulo comeu-se muito pão de trigo da terra. Ninguém ignora o que a agricultura científica tem feito das landes infecundas da Gasconha. Pois os campos de Piratininga não admitem confronto com as landes da Gasconha: são-lhes infinitamente sublimados.

E a indústria pastoril? Que riqueza imensa a se oferecer espontânea.

De São Bernardo em diante a planície muda de aspecto. Os capões, as restingas vão-se convertendo em um matagal basto, contínuo, verde-negro. Aqui e ali, no dorso de uma colina, no cabeço de um outeiro, rubro, semelhante a uma escoriação, serpeia o leito de um caminho. Na chã que se vai gradualmente alteando destacam-se as gramíneas, moitas de plantas baixas, de folhas escuras, de flores roxas, muito grandes.

De um e de outro lado do trem perpassam, fogem sombras compactas, fortes: são os primeiros topes da serra. Em vários lugares desnuda-se o granito lavado pelo enxurro, arrebatado pelas brocas do mineiro, esfacelado pela marreta do britador.

Em todas as árvores veem-se epífitas, veem-se parasitas, de flores escarlates, de folhas lustrosas.

A máquina, arfando, em carreira vertiginosa, arrastando o tender, arrastando a longa cauda de carros, triunfante, rumorosa, sobe, galga, vence, domina, salva o declive áspero, rola em terreno plano. O ar torna-se mais fino, mais úmido, a luz mais viva, mais mordente.

À esquerda, rápidas, como que levantadas, emergidas subitamente, alteiam-se montanhas, visos, picos, paredões, agruras, despedaçamentos de cordilheira.

À direita, em anfiteatro pelo dorso escalavrado de uma eminência, casebres miseráveis; sobre o rechano uma igrejinha rústica, desgraciosa, malfeita, com três janelas, com dois simulacros de torres, a picar de branco o azul do céu e o escuro da mata.

É o alto da serra.

Em frente, a alguns decâmetros, abre-se, rasga-se um vão, uma clareira enorme, por onde se enxerga um horizonte remotíssimo, um acinzentamento confuso de serras e céu, que assombra, que amesquinha a imaginação.

Começam aí os planos inclinados por onde, sob a ação das máquinas fixas, sobe e desce a vida social da São Paulo moderna, os carros de passageiros e os vagões de mercadorias.

Ao ganhar-se o declive, ao começar-se a descida, a cena torna-se grandiosa, imponente.

De um lado, perto, ao alcance quase da mão, alturas imensuráveis, talhadas a pique, cobertas de liquens, de musgos, tapando, furtando o céu à vista; pelos grotões desses fraguedos rolam cascatas sussurrantes, alvas, espumosas, já esfuziando em filetes, já encanando-se em jorros, já espadanando em toalhas.

Do outro lado, ao longe, a amplidão, a serra, em toda a sua magnitude selvática.

Às montanhas que entestam com o céu sotopõem-se montanhas que vão também assentar sobre montanhas. Em paredões aprumados umas, arredondadas em cabeços outras, em pirâmides regularíssimas ainda outras, elas abatem, acabrunham o espírito com a enormidade de sua massa. Dir-se-ia que foi aqui a escalada dos céus pelos gigantes, que se feriu nestas paragens a pugna tremenda em que os filhos do céu sufocaram a golpes terríveis, de toda a some de armas, a tiros de raios, a arremesso de montanhas inteiras, a revolta tremenda dos filhos da terra.

Pelo sopé dessas moles imanes, corre um vale profundíssimo, a que vão ter roladores medonhos, algares vertiginosos, precipícios assassinos.

Uma vegetação abeberada de umidade, cerrada, basta, emaranhada, inextricável, cobre, afoga o dorso da serrania. Não há ver aqui os picos escalvados das cordilheiras do velho mundo: tudo está coberto por um tapete anegrado, fosco: de longe parece relva, ao perto são árvores desconformes.

Nesse verdejar sombrio a caneleira de folhas avermelhadas põe notas alegres, claras: o ipê florescida pica-o de amarelo cru. As palmeiras, em uma abundância monstruosa, incrível, obscena acentuam: na massa confusa o desenho saliente de suas copas estreladas.

Ao longe, na crista cerúlea, indistinta, do mais elevado contraforte, um floco longo de neblina branqueja muito vivo, como o véu de uma *uranide* colossal, roto, esgarçado na doce violência de um debate amoroso.

Perto, atiro de pedra, árvores esbeltas ostentam, no mesmo galho, flores brancas e flores roxas, de pétalas carnudas, cetinosas. A embaúba de folhagem escura e rebentos vermelhos ergue ousada o seu tronco esguio, branquicento.

Os raios do sol acendem, na fronde das árvores vizinhas, cintilações multicores, atiram sobre as cascatas punhados de diamantes: ao longe absorvem-se, não têm reflexão.

Ao findar-se o quarto plano inclinado, primeiro a contar do

alto, antolha-se o viaduto da Grota Funda, a vitória do atrevimento sobre a enormidade, do ferro sobre o vazio, da célula cerebral sobre a natureza bruta.

Imagine, Lenita, um algar vasto; mais do que um algar vasto, uma barroca enorme; mais do que uma barroca enorme, um abismo pavoroso, atravessado de parte a parte por uma ponte, que parece aérea, apoiada em colunas altíssimas, tão esguias, tão finas, que, vistas em distância, semelham arames.

Ao contemplar-se do meio da ponte essa vacuidade assombrosa, os ouvidos zunem, a cabeça atordoa-se, a vertigem chega, vem a nostalgia do aniquilamento, o antegosto do nirvana, o delírio das alturas e faz-se mister ao homem uma concentração suprema da vontade para fugir ao suicídio inconsciente.

À medida que se desce a natureza muda; o ar toma-se espesso, pesado, quente, carrega-se de emanações salitrados; começa de aparecer a vegetação do litoral, alastram-se pelas encostas vastíssimos bananais.

Uma prostração de rocha faz um cotovelo no plano inclinado da raiz da serra: ao dobrar-se esse cotovelo, dá-se uma matação de cena em peça mágica. A paisagem abre-se, rasga-se de vez. Por entre contrafortes, por entre alturas de serrania, que se erguem de um e de outro lado, como bastidores titânicos, alonga-se a perder de vista uma planície extensa, chata, lisa, nivelada, pardacenta. De dois outeiros à direita que, simétricos, redondos, suaves, emparelhados, lembram os seios de uma virgem, parte uma linha horizontal, muito escura, muito tersa; é o mar, é o oceano, cuja vista dá nome à serra – Paranapiacaba.

Um como sulco estira-se pela planície, comando aqui e ali superfícies espelhantes de água sossegada: por esse sulco vai e vem enorme, acaçapada, com um desconforme gliptodonte, uma coisa chata, que desliza rápida, vomitando fumo: o sulco é a linha férrea; o gliptodonte, a locomotiva.

Embaixo, no começo da planície, divisa-se um amontoamento de vagões que semelha um bando de hipopótamos adormecidos ao sol.

Quando o homem para e contempla das alturas o escalejar da serrania, o vale cortado de algares, a planície, o litoral, a linha do mar a confundir-se com o céu; quando atenta nas forças enormes que entram em jogo no âmago e na crosta da terra, na água que a banha, no ar que a comprime, na luz que a ilumina, na vida que a rói; quando por generalização alarga o quadro e considera o planeta inteiro; quando dele passa para os planetas irmãos, para o sol, centro do sistema; quando conclui, por indução irrecusável, que esse sol, esse centro é por sua vez lua, satélite humilde de um astro monstruosamente imane, afogado na vastidão, desconhecido, incognoscível para todo o sempre; quando pensa que ainda esse astro gravita em torno de um outro que gravita em torno de um outro; quando reflete em que tudo isso é uma cena minúscula do drama da vida universal, e que o teatro espantosamente incompreensível dessa evolução intérmina é uma nesguinha insignificante da imensidade do espaço, o homem sente-se mesquinho, sente-se pó, sente-se átomo, e vencido, esmagado pelo infinito, só se compraz na ideia do não ser, na ideia do aniquilamento.

. . .

A estrada de ferro inglesa de Santos a Jundiaí é um monumento grandioso da indústria moderna.

De Santos a São Paulo percorre ela uma distância de 76 quilômetros.

Todas as obras de arte dos terrenos planos são admiravelmente acabadas, são perfeitas.

Até à raiz da serra a distância é de 21 quilômetros: há três pontes, uma das quais notabilíssima, sobre um braço de mar chamado Casqueiro. Mede ela 152 metros, tem dez vãos iguais, assenta sobre pegões robustíssimos.

Da raiz da serra até o rechano do alto, contam-se oito quilômetros. A altura é de 793 metros, o que dá um declive quase exato de dez por cento.

Como se galgam esses desfiladeiros, essas agruras vertiginosas? De modo simples.

Divide-se a subida da serra em quatro planos uniformes de dois quilômetros cada um. Para uma tração, empregou-se um sistema adotado em algumas minas de carvão da Inglaterra. Máquinas fixas de grande força recolhem e soltam um cabo fortíssimo, feito de fios de aço retorcidos. Presos às duas pontas desse cabo giram dois trens: um sobe, outro desce. A agulha de um hodômetro indica com exatidão matemática o lugar do plano em que se acha o trem, indica o momento de encontro de ambos eles. Um *brake* de força extraordinária permite suspender-se a marcha quase instantaneamente, e um aparelho elétrico põe os trens em comunicação imediata com as respectivas máquinas fixas. O cabo, resfriado ao sair por um filete de água, corre sobre roldanas que se revolvem vertiginosas, com um ruído monótono, metálico, por vezes forte, por vezes muito suave.

O serviço é regular e tão bem feito, que em grandes extensões há um único jogo de trilhos a servir tanto para a subida como para a descida. Funciona a linha há mais de vinte e um anos e ainda não se deu um só desastre. Pasmoso, não?

Em cada uma das quatro estações de máquinas fixas há cinco geradores de vapor, três dos quais sempre em atividade. As grandes rodas estriadas que engolem e soltam o cabo, as bielas de ferro polido que as movem, os mancais de bronze, os excêntricos em que o ferro rola sobre bronze com atrito doce, tudo está limpo, luzente, azeitado, funcionando como um organismo são. Chaminés enormes, que se enxergam de longe, feitas de cantaria lavrada em rústico, atiram aos ares balcões de fumo, enovelados, densos.

Os desbarrancamentos são remendados a alvenaria; todas as águas perenes, todas as torrentes pluviais estão dirigidas, encanadas, por calhas de pedra, de tijolos, de juntas tomadas, por bicames de madeira. Há encanamentos subterrâneos feitos em granitos, gradeados de ferro, que fazem lembrar os calabouços dos solares feudais.

Na serra de Santos a obra do homem está de harmonia com a terra em que assenta; a pujança previdente da arte mostra-se digna da magnitude ameaçadora da natureza.

O viaduto da Grota Funda é simplesmente uma maravilha. Mede em todo o comprimento 715 pés ingleses, mais ou menos 215 metros. Tem dez vãos de 66 pés e um de 45 entre duas cabeceiras de cantaria; assenta sobre colunatas de ferro engradadas (*treillages*) e sobre um pegão do lado de cima. A mais elevada colunata, contando a base, tem 185 pés, 56 a 57 metros. A inclinação é a inclinação geral, dez por cento ou pouquíssimo menos. Começou-se esta obra assombrosa em 2 de julho de 1863; em março de 1865 assentaram-se-lhe as primeiras peças de ferro; em 2 de novembro do mesmo ano atravessou-a o primeiro trem, 2 de novembro, dia de defuntos, os ingleses não são supersticiosos.

Uma empresa *hors ligne*, esta companhia de estrada de ferro. O resultado foi além da mais exagerada expectativa otimista. O governo geral garantiu cinco por cento sobre o capital empregado na construção, e o provincial dois. De há muito, porém, que a companhia prescindiu de garantia, e que distribui dividendos fabulosos.

Ganham, ganham muito dinheiro, ganham riquezas de Creso os ingleses, e merecem-nas. O progresso assombroso de São Paulo, a iniciativa industrial do paulista moderno; a rede de vias férreas que leva a vida, o comércio, a civilização a Botucatu, a São Manuel, ao Jaú, ao Jaguera, tudo se deve à *Saint Paul Rail Road*, à Estrada de ferro de Santos a Jundiaí.

Rule, Bribnnial Hurrah for the English! Já que o nosso governo não presta para nada. Vai longa esta carta: preciso é pôr-lhe termo.

Estirei-me, porque escrevendo-lhe afigura-se-me tê-la ao meu lado, e eu desejei prolongar o mais possível a figuração...

Estou velho, e todo velho é mais ou menos autoritário e pedante. Ora a Lenita pôs-se no vezo de condescender com o pendor da idade, escutou-me, deu-me atenção, puxou-me pela língua... Aguente-se, pois, com a caceteação, com a seca para falar classicamente; a culpa é sua.

Não sinto saudade da nossa convivência, de nossas palestras aí no sítio. – a expressão saudade tem poesia demais e realismo de menos. O que há é necessidade, é fome, é sede da companhia de quem me compreenda, de quem me faça pensar... da sua companhia.

Imagine que eu levo todo o santo dia e parte da noite a falar só em café, mas em café sob o ponto de vista comercial, em embarques, em saques, em descontos... E ai de mim, se o não fizer: aqui quem se afasta deste tema, quem não discute comércio de café passa por idiota.

Uma explicação necessária, antes de terminar. Fui minucioso, talvez demais, em descrever a serra, os planos inclinados, as obras de arte da companhia inglesa. Como diabo, fiz eu tanta observação, onde fui apanhar tantos dados? Em uma descida rápida, vertiginosa, em uma descida pelo trem? Não era possível. Uma inspiração, uma comunicação espírita? Nada disso. Confesso com modéstia que são humanos os meios de informação de que disponho: a ciência infusa foi privilégio dos apóstolos, de Santo Tomás, de Ventura de Raulica, e ainda hoje o é do abade Moigno e do imperador do Brasil. A mim me não armarão processo esses santos personagens por empecer-lhes no direito. Nem mesmo me posso gabar de uma simples sugestão mental, de um reles ensinamento hipnótico. Pairo em regiões menos elevadas, aprendo o que sei de modo mais grosseiro. Um dia destes, nada tendo aqui a fazer, fui ao alto da serra e de lá vim a pé, vendo, observando, estudando. Aí está como foi. Fico anelando pelo dia que julgo próximo de ir dar-lhe um *hands-shake* forte, enérgico, à inglesa.

Manuel Barbosa..."

Lenita leu a carta com impaciência: os detalhes, os dados exatos, as apreciações científicas de Barbosa sobre Santos, sobre a serra irritavam-na: passou por aquilo tudo rapidamente, nervosamente, sem aprofundar, como quem percorre um catálogo. Procurava o que houvesse de íntimo sobre a sua pessoa, qualquer coisa que revelasse, que atraiçoasse o estado afetivo do espírito de Barbosa.

Demorou-se muito na leitura dos trechos finais: teve um prazer vivíssimo, indizível ao ler que Barbosa a supunha, a figurava ao lado de si, e que se prazia nessa figuração. Repetiu as frases silabificando, quase deletreando, com o olho esquerdo fechado, com a atenção concentrada. Gostou imenso da maneira brusca por que terminava a carta.

O semidelíquio erótico que tivera no quarto de Barbosa fora a confirmação de uma suspeita: reconhecera que amava a esse homem, loucamente, perdidamente.

Ante a brutalidade do fato, ao pungir gozoso e acerbo da revelação da carne, revoltara-se com orgulho, esquivara-se em último assomo de resistência, evitara a Barbosa na véspera da partida.

A insônia da noite, o vácuo enorme que a ausência de Barbosa lhe produzira em volta, a necessidade fatal em que se reconhecera de tê-lo junto de si para viver, desejo dele que a mordia, o ganho de causa que levava esse afeto novo sobre o amor profundo que votara ao pai, a Lopes Matoso; que tudo isso a convencera de que não podia recalcitrar, de que a resistência lhe era impossível.

Com a resolução rápida dos espíritos decididos, aceitara o jugo, submetera-se à paixão, confessara-se vencida.

Era o mais difícil.

Em curvar-se, de si própria é que ela tinha vergonha, uma vez cônscia de estar curvada, pouco lhe fazia que o mundo inteiro a visse nessa posição.

Amando, mas sem estar de todo vencida, lutaria, defender-se-ia até à morte contra o que desejava, isso em uma alcova, em um recinto vedado a todos os olhos; entregue, derrotada perante o seu foro íntimo, avaliava em nada o escândalo, desprezava a opinião, era capaz de submeter-se ao vencedor em público, no meio de uma praça, como as prostitutas de Hyde-Park.

Amava a Barbosa confessara-o a si própria: era capaz de lhe dizer a ele, era capaz de o proclamar à face do mundo.

E indignava-se, achava-o tímido, queria que ele a adivinhasse, que lhe retribuísse o amor, que sentisse por ela o que ela sentia por ele, que se confessasse por sua vez subjugado, cativo. Amar ela, Lenita, a um homem, e não ver esse homem a seus pés rendido, aniquilado, absorvido?! Impossível.

Releu a carta, mas releu com atenção, meditadamente estudando. As apreciações originais de Barbosa, o seu modo profundamente individual de ver as coisas, o entusiasmo comunicativo a que se entregava por vezes, tudo isso reproduzia-o, aviventava-o no escrito, ao ponto de que a Lenita parecia-lhe tê-lo junto a si, ouvir-lhe a voz, sentir-lhe o hálito.

As teorias sobre a formação da planície santista e sobre o enchimento do vale do Tietê fizeram-na pensar, recordar-se. Tinha estado uma vez em São Vicente, a banhos: conhecia Santos, conhecia a Serra. Os fatos que Barbosa consignava eram exatos, as explicações que deles oferecia eram plausíveis.

Lenita admirava-lhe cada vez mais a flexibilidade do talento, que a tudo se abalançava, que para tudo tinha critério, que de tudo decidia com justeza.

A admiração pelas faculdades intelectuais elevadíssimas de Barbosa envolvia-se mansamente, naturalmente, para uma admiração pelas suas formas, para um desejo de seu físico, que a dementava a ela, que a punha fora de si.

Compreendia então perfeitamente a história bíblica da mulher de Putifar. A vista segura que o escravo hebreu José revelara ter das coisas, a sua alta capacidade administrativa, a sua intransigência, a sua energia, a sua modéstia, prendera a atenção da formosa egípcia; mirando-lhe as formas franzinas, esbeltas de efebo, deixara-se cativar e, ardente, franca, provocara-o, agarrara-o.

E Lenita entusiasmava-se por essa mulher tão estigmatizada em todos os tempos e, todavia, tão adoravelmente carnal, tão humana, tão verdadeira: compreendia-a, justificava-a, revia-se nela.

CAPÍTULO XII

O feitor preto viera dizer a Lenita que uma *fruteira* na mata em frente estava ajuntando muito pássaro.

A moça mandou que abrisse uma picada desde o carreadouro até à *fruteira*, fez limpar a sua espingardinha Galand, carregou duzentos cartuchos e, no dia seguinte, de madrugada, seguida por sua mucama, foi pôr-se à espera.

Não tinha caído muito orvalho, e grande era a cerração.

O caminho coberto por uma camada veludosa de areia fina, amarelenta, embebia-se pela neblina espessa que afogava a terra. A selva formava um maciço negro, compacto. Uma ou outra árvore isolada no pasto transparecia por entre o nevoeiro, como um espectro gigantesco.

Sentia-se um frio seco, picante, sadio. De repente Lenita percebeu o que quer que era, retouçando na areia levemente úmida do caminho, a vinte metros de distância.

Sustou o passo, levou a arma à cara e, rápida, quase sem pontaria, desfechou.

– Que foi que atirou, D, Lenita? – perguntou a mulata.

– Vá ver, que lá está ainda bulindo, volveu a moça, e fazendo gangorrear o cano da arma, meteu-lhe novo cartucho.

Com efeito, um animal qualquer estrebuchava convulso, raspava a areia, atirava-a longe.

A rapariga aproximou-se cheia de receio, retraindo o corpo, estendendo o pescoço.

– É candimba! – gritou jubilosa, e, baixando-se, apanhou uma soberba lebre que, ferida na cabeça, ainda não acabara de morrer.

Lenita tomou da rapariga a macia alimária, examinou-a com volúpia orgulhosa de caçadora apaixonada e triunfante, afagou-lhe o pelo sedoso, passou-o de encontro ao rosto; depois meteu-a em uma bolsa de malhas, entregou-a com cuidado à mulata.

Ia clareando o dia; rareava o véu de neblina. O negror indeciso da mata transmutava-se em verdura. Distinguiam-se as moitas festivas das taquaras, os penachos luzidios dos palmitos, as copas opulentas das paineiras, revestidas literalmente de um tapete cor-de-rosa, pela infloração precoce.

Perfumes agudos de orquídeas fragrantes, refrescados pelas brisas matutinas, deliciavam o olfato, sem irritar e sem adormentar os nervos.

Ouvia-se o gorjear dos pássaros, o zumbir dos insetos que, em hino festivo, saudavam o despontar do dia.

Lenita e a mucama penetraram na mata: aí tudo era escuro, tudo era treva. O diminuto orvalho, caído durante a noite, se condensara nas folhas, e pingava, batendo docemente, surdamente, na camada de folhas secas que juncava o solo.

Os pulmões hauriam à larga o oxigênio puro, expirado da vegetação ambiente.

As duas companheiras caminharam pelo largo carreadouro, até que chegaram a uma perobeira alta, de junto a qual partia a picada, entranhando-se pelo mato, à esquerda. Por aí enveredaram, seguiram, até que pararam junto de uma caneleira esguia, em frutificação temporã.

Dominava o silêncio, quebrado apenas pelo gotejar manso e raro da orvalhada tênue.

Lenita mandou que a mucama se afastasse um pouco, que se sentasse, que se escondesse junto de outra árvore qualquer. Olhou para cima.

A folhagem da caneleira recortava-se indecisa no céu ainda obscuro: de súbito acentuou-se, amarelou em partes, como se a tivesse borrifado um jato de ouro líquido; beijara-a o primeiro raio de sol do dia nascente.

Por cima já luz, vida; por baixo ainda escuridade, mistério.

Uma sombra escura cortou veloz o espaço: era um jacuguaçu. Pousou, balançando-se, em um dos galhos baixos. Ao assentar colheu vagaroso as asas que trazia pandas, librou-se ainda nelas, fechou o leque formosíssimo da longa cauda, estendeu o pescoço, cauteloso à direita e à esquerda.

Após momentos de observação, trepou pelo galho, marinhou aos pulos por entre a folhagem, sumiu-se, surgiu no pino da copa, mostrando, banhada de sol, a sua barbela rubra.

Lenita, pálida de emoção, com o seio a arfar, com os nervos frouxos, sentindo dobrarem-se-lhe as pernas, olhava, contemplava extática a ave elegantíssima.

Fazendo um esforço de vontade, aperrou a arma, ergueu-a lentamente, molemente, pô-la em mira.

Não desfechou, não teve ânimo: retirou-a da cara, e pôs-se de novo a contemplar o *alector*.

De repente seus olhos brilharam e como relâmpago negro, contraíram-se-lhe as feições, seus dentes brancos morderam o lábio rubro e, fria, resoluta, ela encarou pela segunda vez a espingarda, fez pontaria, puxou o gatilho, o tiro partiu.

O jacu, fulminado, revirou, despencou, veio bater no chão com um som baço, abafado.

Saltando como um felino, Lenita empolgou-o trêmula de felicidade e prazer; ergueu-o à altura do rosto, soprou-lhe as penas salmilhadas do peito, queria ver-lhe os ferimentos. Com volúpia indizível sentia umedecerem-se-lhe os dedos no sangue tépido que escorria.

A arma ainda estava descarregada, quando ouviu-se um voo forte, sacudido, estalado. Lenita levantou o olhar.

No mesmo galho, de onde derrubara o jacu, uma pomba legítima fazia brilhar ao sol em reflexos furta-cores o seu colo gracioso.

Lenita abriu ligeiro a espingarda, carregou-a, levou-a à cara, fez fogo, e a nova vítima caiu ferida, pererecando em desespero, nas vascas da agonia.

A mucama, com os olhos brilhantes, com as feições expandidas pelo entusiasmo, acudiu a meter na bolsa os pássaros mortos.

– Uma pomba e um jacu, D. Lenita! – exclamou cheia de júbilo.

– Silêncio!

No galho fatal um tucano acabava de pousar: virava e revirava, para um e para outro lado, o seu grande bico esponjoso. Era uma maravilha o efeito de suas penas dorsais a contrastarem negras com o alaranjado soberbo da gorja, com o vermelho-vivo do peito: ao vê-lo ostentando ao sol ardente do trópico os esplendores dos seus matizes, dir-se-ia um ente fantástico, uma flor animada, viva, que viera voando de uma região desconhecida, que se fixara naquela árvore.

Um tiro certeiro de Lenita fê-lo tombar, e depois a outro, mais outro e a araçaris, e a pavô, e a aves de bico redondo – uma carnificina, uma devastação.

Eram quase dez horas: o sol ia em alto, derramando torrentes de luz, enlanguescendo, a beijos de fogo, as folhas largas do caetê, as folhas cordiformes da periparoba. No céu muito azul esgarçavam-se nuvens muito brancas, e nesse festival de cores alegres punha uma nota negra um corvo solitário, perdido na amplidão.

Fazia calor.

– São horas, já passa até de horas de almoçar, disse Lenita. Vamo-nos embora, amanhã voltaremos.

– Que caçadão, D. Lenita. Dezenove pássaros grandes e uma lebre. Não perdeu um tiro.

– Eu nunca perco tiro, respondeu a moça com fatuidade.

– Então é como eu, disse uma voz por trás de ambas, também não perco tiro. Era Barbosa.

A espingarda caiu das mãos de Lenita: com o coração relaxado, incapaz de injetar sangue nas artérias, descorada, quase sem ver, ela teve de encostar-se ao tronco liso da caneleira, para não tombar desamparada.

– Que é isto, minha senhora; que é isto, Lenita? – acudiu Barbosa, segurando-a solícito.

– Tive um tal susto... murmurou a moça mal recobrada.

– Perdoe-me, fui imprudente. O desejo que tinha de vê-la, o prazer de causar-lhe uma surpresa... Perdoe-me, sim?

E tomou-lhe as mãos frias que apertou nas suas.

– Perdoar-lhe? Se eu lhe agradeço tanto o ter-me antecipado um pouco o gosto de vê-lo. Como pôde chegar a esta hora da tarde? O trem só passa pela estação da vila às três horas da tarde.

– É que vim a cavalo, para ganhar algumas horas. Caminhei a noite toda. Quando cheguei a Jundiaí, ontem, já não alcancei o trem. Tinha de estar lá, à espera, até agora: não tive paciência.

– Não escreveu, não deu parte de que vinha...

– Eu não esperava terminar os negócios anteontem, como terminei. Os homens estavam teimosos, tinham-se encastelado na sua proposta. De repente, quando eu menos esperava, mudaram de acordo, cederam, aceitaram as minhas condições, e ficou tudo acabado.

– Satisfatoriamente?

– O mais satisfatoriamente que era possível esperar.

– Meus parabéns sinceros.

– Obrigado. Mas que mortandade, que São Bartolomeu! Arrasou a passarada. Cáspite! Araçaris, tucanos, pombas, sabiacis, um jacu e um serelepe... não, não é serelepe, um candimba, uma lebre, e grande! Sim senhora! É uma Diana.

E com ares de amador entusiasta examinava as peças de caça.

– Diga-me, perguntou-lhe a moça, como se chamam estes pássaros verdes, de bico redondo?

– Chamam-se sabiacis.

– No Brasil os *psitacídios* serão representados somente por arás e papagaios?

– Em São Paulo, pelo menos, são.

– Quantas espécies temos de papagaios?

– Ao certo, que eu saiba, seis: tuins, periquitos, cuiús, sabiacis, que são estes, baitacas e papagaios propriamente ditos.

– E de arás?

– Quatro: tiribas, araguaris, maracanãs e araras.

– Ao todo, dez?

– Que eu conheço; no sertão pode haver mais.

– Lá ia eu com a minha *marotte* científica! Basta, basta de ornitologia. Deve ter chegado cansadíssimo e morto de fome.

– Cansado, não; com algum apetite, sim.

– Pois vamos, vamos almoçar.

– Confesso que almoçarei com prazer.

E seguiram. Era imensa a alegria de Lenita, a gratidão mesmo em que se achava para com Barbosa por tê-la vindo surpreender na mata, por não tê-la esperado em casa. Sentia-se lisonjeada em seu orgulho de mulher. E mais: Barbosa esquecera ou fingira esquecer os justos, mas injustificáveis arrufos da véspera da partida. Amava e adquirira a convicção de que era correspondida.

No percurso da picada que mundo, que infinidade de pequenos gozos! Aqui um tronco podre, deitado, a transpor; ali, um ramo espinhoso a evitar; uma ladeira íngreme, escorregadia a subir. Barbosa, nessas dificuldades, ajudava-a, tomava-lhe a espingarda, dava-lhe a mão. Ela deixava-o fazer, aceitava-lhe o auxílio, não porque se sentisse fraca, porque precisasse; mas para dar-lhe a ele o papel de forte, de protetor. Achava uma delícia inefável em ser mulher para que Barbosa fosse homem. A voz máscula, doce, de Barbosa acariciava-lhe o ouvido, acalentava-lhe o cérebro, envolvia-a como em uma atmosfera de harmonia e amor.

Insensivelmente, sem darem fé da distância chegaram à casa. Esperava-os na porta o coronel.

– Com que então não foi difícil encontrar a Lenita, gritou ele.

E atentando na caça:

— Deixa ver isso, rapariga! Ih! Que rasoura! No mato não ficou pássaro! Esta menina! Olhe, você devia ter nascido homem... e quem sabe se você não é mesmo homem?

Lenita corou até as orelhas.

O coronel não se deu por achado da inconveniência.

— Vamos, vamos almoçar, que Manduca deve estar a tinir: fez a loucura de caminhar a cavalo a noite toda. Vamos!

O almoço correu bem, mas terminou desagradavelmente. Quando estavam tomando café com leite, terminação obrigatória do almoço rural paulista, entrou na sala uma preta velha, assustada.

— Acuda, sinhô! – disse – Maria Bugra está morrendo!

— Onde está ela? Que é que tem? – perguntou surpreso o coronel.

— O que ela tem eu não sei. Está aí na sala de fora, eu a mandei trazer para aí.

O coronel levantou-se, saiu a ver, aflito, trôpego. Barbosa e Lenita seguiram-no.

Na sala de entrada, sobre uma marquesa forrada de couro, encostando-se a um travesseiro de marroquim que fora encarnado, estava uma preta fula ainda moça.

Estertorava com a face tumefata, com os tendões do pescoço retesados; os olhos protraíam-se das órbitas; as pupilas enormemente dilatadas tinham feito desaparecer os limbos do íris. Das comissuras dos lábios contraídos e deformados escorriam fios de baba, viscosos, resistentes, translúcidos.

O coronel abeirou-se da enferma, tomou-lhe o pulso.

— Veja isto, Manduca, que pensa você?

Barbosa aproximou-se por sua vez, procurou sentir o calor da preta na pele do rosto, encostando-lhe o dorso da mão, achou-a fria; tateou-lhe o pulso, encontrou-o débil, espaçadíssimo; beliscou-a, ela não pareceu dar acordo disso.

— Como principiou esta moléstia? – perguntou ele à preta que tinha ido dar parte.

— Eh! Sinhô moço! Maria estava no paiol, debulhando milho, muito sossegada. De repente entrou a queixar de ansiedade, levantou, andou vira-virando, entrou a gritar, a falar as coisas à toa. Batia com a cabeça, escumava, queria morder gente, parecia mesmo que estava louca. Depois perdeu o sentido, caiu, ficou assim como está. Eu mandei trazer para aqui, fui chamar sinhô.

– Sim! Faz muito tempo?

– Não, sinhô moço, foi agora mesmo.

– Comeu ela ou bebeu alguma coisa?

– Ela almoçou, há de fazer duas horas.

– Não bebeu nada?

– Bebeu café, uma meia tigela.

– Donde veio o café?

– Veio da senzala de Pai Joaquim.

– Joaquim Cambinda?

– Sim, sinhô moço.

Barbosa foi ao seu quarto e, após breve demora, voltou com um frasquinho a meio de um líquido claro como água. Pediu uma colher; trouxeram-lhe. Chamou e enferma, junto do ouvido:

– Maria!

A negra não respondeu.

– Maria! – repetiu ele em voz mais alta.

A preta tentou sair do estado soporoso em que se achava, procurou levantar a cabeça, não conseguiu; deixou-a recair pesadamente no travesseiro, proferindo uns sons inconexos, semi-inarticulados. De sob as suas roupas exalava-se um cheiro fétido de matérias fecais.

Barbosa, vendo que nada poderia obter, que a vontade estava ali aniquilada, passou o frasquinho ao coronel.

– Vou abri-lhe a boca com a colher; vossa mercê despejará dentro o conteúdo deste vidro.

– Todo?

– Todo; é uma dose forte de emético; convém fazê-la vomitar. Introduziu com algum custo o cabo da colher entre as arcadas dentárias da doente, e, fazendo dele uma alavanca, descerrou-lhe os queixos.

– Agora, meu pai!

O coronel vazou dentro da boca, entreaberta à força, o líquido do vidrinho.

– Engula! – gritou Barbosa.

A negra fez um esforço, deu um safanão violento, a colher saltou longe, e o líquido, revessado, caiu sobre a marquesa, correu para o soalho. A deglutição era impossível.

– Não será bom mandar chamar o doutor Guimarães?

– Inútil, meu pai; nada há a fazer neste caso.

– Assim mesmo...

– O doutor Guimarães só poderia estar aqui à noite, e dentro de uma hora a preta já terá morrido.

– Manduca, olhe...

– Sei o que isto é, meu pai; não há mesmo nada a fazer.

O coronel voltou triste para a sala de jantar; Lenita e Barbosa com ele. Sentaram-se junto de uma janela abatidos: a moléstia da preta lançara-os em um desânimo profundo, em uma apreensão de vagas ameaça de perigos desconhecidos.

Entreolhavam-se, não ousando arriscar um dito, uma palavra.

E, todavia, essa reserva pesava-lhes, era-lhes incomportável o silêncio. Quebrou-o Barbosa.

– Meu pai, a Maria Bugra morre, e sabe vossa mercê de que morre ela?

– Tenho medo de o saber.

– Vejo que me compreendeu.

– Morre do que têm morrido vários escravos aqui na fazenda, morre envenenada.

– É bem possível.

– Não é possível, é certo.

– Lembra-se da morte do Carlos, da do Chico Carreiro, da do Antônio Mulato, da Maria Baiana?

– Perfeitamente!

– Não apresentaram eles os mesmos sintomas que apresentou e está apresentando agora a Maria Bugra?

– Homem, com efeito! Apresentaram.

– Excitação violenta mas passageira, delírio, depois paralisia quase completa, face túmida, conjuntivas injetadas, olhos saltados, dilatação de pupilas, deglutição impossível, queda de pulso, esfriamento geral, incontinência de urina e de fezes?

– Exato.

– Pois tudo isso, estou convencido, é consequência da ingestão de um veneno terrível, infelizmente muito comum entre nós, a atropina.

– Muito comum entre nós, a atropina?!

– Sim senhor.

– Pois a atropina não se tira da beladona?

– Também se tira da beladona.

– E onde encontrar a beladona? No Brasil só pode haver beladona em algum horto botânico.

– Meu pai não conhece aquilo que ali está? E Barbosa apontou para um vasto trato de terreno, coberto de plantas baixas, escuras, de folhas repicadas, de flores brancas, em forma de trombeta.

– Conheço, respondeu o coronel, é figueira do inferno, mamoninho bravo, um veneno terrível, dizem. Mas você falou em atropina.

– Cientificamente a figueira do inferno chama-se *Datura stramonium*: extrai-se dela um alcaloide venenosíssimo, a que se chama *daturina*: Ladenburg, porém, e Schmidt verificaram nestes últimos tempos que a daturina é pura e simplesmente a atropina, a mesma letal atropina que se obtém da beladona.

– E a sua convicção é...

– Que Maria Bugra morre envenenada por uma decocção fortíssima de sementes de datura e, consequentemente, por atropina.

E tem suspeita de quem tenha sido o propinador do veneno?

Não tenho suspeita, tenho certeza.

– Quem pensa que foi?

– Joaquim Cambinda.

A esta acusação precisa, formal, convicta, o coronel baixou a cabeça. Pensava. Barbosa tinha razão. Perdera a fazenda vários escravos mortos todos de uma moléstia esquisita, que apresentava invariavelmente o mesmo cortejo de sintomas. E isso começara depois de que viera Joaquim Cambinda. Esse preto, tinha-o ele recebido com outros em herança de uma tia, já velho, incapaz de trabalhar. Nunca exigira dele serviço; dera-lhe até para morar, a pedido seu, um paiol largado, independente, no fundo do terreiro. Tempos havia, morrera na fazenda um feitor branco: a viúva, lembrava-lhe bem, tinha feito um berreiro enorme, infernal, dissera que o marido sucumbira a coisa feita, acusara terminantemente a Joaquim Cambinda. Não dera ele, coronel, importância à acusação, e essa acusação ressurgia, feita agora por seu filho, homem inteligente, ilustrado, muito sisudo.

– Em que se estriba você para inculpar o negro velho? – perguntou após minutos de meditação.

– Em muita coisa. Primeiro, os fatos, os envenenamentos indiscutíveis, e que só começaram de dez anos a esta parte, depois que Joaquim

Cambinda veio para a fazenda: eu cá não estava, mas por informações acho-me ao corrente de tudo. Em segundo lugar, a fama de mestre feiticeiro que tem ele em todo o município: várias pessoas de critério têm-me interrogado a esse respeito. Depois, surpreendi-o eu mesmo, outro dia, a secar cabeças de cobra, raízes de cicuta e de guiné, sementes de datura. E mais... ele tinha seus agravos de Maria Bugra...

E Barbosa acentuou estas palavras, olhando para Lenita.

– É verdade, sei, até já tive de tomar providências por causa disso. Mas são presunções apenas...

– Que, reunidas, fazem convicção.

– Precisamos de tirar isto a limpo.

– É o meu modo de entender: não podemos deixar correr à revelia uma coisa de tanta gravidade.

Realizaram-se as previsões de Barbosa: o estado soporoso de Maria Bugra passou para coma, e o coma para morte.

À tarde, ao escurecer, depois da revista, o coronel mandou chamar Joaquim Cambinda.

O medonho negro veio arrastando os pés, escorando-se em um bordão, a rojar pelo solo a imunda coberta parda, de que sempre usava.

Chegou, entrou na antessala, largou o bordão a um canto. O cadáver de Maria Bugra aí estava, sobre a marquesa, no meio da quadra, inteiriçado, coberto por um lençol fino que lhe desenhava as formas duras, angulosas. Quatro velas de cera alumiavam-no lugubremente, casando os seus clarões aos últimos clarões do dia.

Por entre o cheiro acre de vinagre ferrado e o cheiro enjoativo da alfazema queimada, percebia-se um cheiro fétido, um fartum de carne podre, de decomposição cadavérica.

Joaquim Cambinda entrou, olhou com indiferença para a defunta, dirigiu-se ao coronel que, junto com Barbosa, aí o esperava.

– Vá sãos cristo, sinhô. Sinhô mandou chamar negro velho, negro velho está aqui, disse na sua algaravia bárbara, horripilante, impossível de reproduzir.

– Sabe quem está ali morta, Joaquim?

– Sei, é Maria Bugra.

– De que morreu, não sabe?

– De suas moléstias dela.

– Que moléstias?

– Eu não sei, eu não sou doutor.

– Então você não sabe, não é doutor? Não sabe também de que morreu a Maria Baiana, o Antônio, o Carlos, o Chico Carreiro?

– Como quer sinhô que eu saiba?

– Se você não confessar tudo o que tem feito, aqui, direitinho, mando-o acabar a bacalhau, sô feiticeiro do diabo!

– Ah! Sinhô! Feiticeiro, negro velho, que não tarda a ir dar contas a Deus do feijão que ele comeu!

– Deixe-se de histórias, de mamparras, vamos! Com que matou você a Maria Bugra?

– Não matei com coisa alguma, sinhô. Como hei de eu confessar uma coisa que eu não fiz?

– Se fez ou se não fez, é o que vamos já saber. Pedro, João, venham cá, agarrem-me este patife.

À porta a negrada acotovelava-se curiosa estendendo uns o pescoço por sobre os ombros dos outros.

Os dois pretos chamados abriram caminho, empurrando os companheiros, entraram na antessala.

– Segurem-me este tratante, conduzam-no à casa do tronco.

Eu já lá vou. Levem o bacalhau e uma salmoura forte.

– Que é que sinhô vai fazer comigo? – inquiriu rápido Joaquim Cambinda.

– Você vai ver.

– Sinhô, Joaquim Cambinda nunca apanhou de bacalhau...

– Vai apanhar agora; será então a primeira vez.

Operou-se uma revolução medonha em Joaquim Cambinda. Atirou ele para longe de si a coberta esfarrapada, endireitou o busto derreado, ergueu a cabeça, cerrou os punhos e encarou o coronel. Cintilavam-lhe os olhos, os beiços arregaçados deixavam ver os dentes.

– Ah! Você quer saber, eu digo: fui eu mesmo que matei Maria Bugra.

– E por que a matou você?

– Porque ela comia o meu dinheiro, e me enganava com a crioulada nova.

– E os outros, o Carlos, a Maria Baiana, o Chico Carreiro, Antônio Mulato?

– Fui eu mesmo que matei a todos.

– E por quê?

— Maria Baiana pelo mesmo motivo que me fez matar Maria Bugra. Os outros para fazer mal a sinhô.

— Para me fazer mal? Por quê? Pois você não é o mesmo que forro? Exijo eu algum serviço de você? Não lhe dou moradia, roupa, comida? Por que me quer mal?

— Já que principiei a falar, irei até o fim. Sinhô é bom para mim, é verdade, mas sinhô é branco, e obrigação de preto é fazer mal a branco sempre que pode.

— Matar-me cinco escravos!

— Cinco! Só crioulinhos mandei eu embora dezessete. Negro grande, nem se fala: Manuel Pedreiro, Tomaz, Simeão, Liberato, Gervásio, Chico Carapina, José Grande, José Pequeno, Quitéria, Jacinta, Margarida, de que é que morreram? Fui eu que matei todos.

Ergueu-se grande sussurro de entre o grupo de negros. Ouviam-se gritos, imprecações.

— Agora também você está mentindo: José Pequeno morreu picado de cobra.

— Qual cobra! A cobra que o picou não tinha veneno. E ele morreu, mas da beberagem que eu lhe dei para curar.

— Mas todos esses pobres diabos eram pretos como você. Para que os matou?

— Para sinhô ficar pobre: eu queria ver sinhô se servir por suas mãos.

— E a mim nunca pretendeu você matar?

— Matar, não: fazer penar só.

— Então sempre me queria fazer alguma coisa?

— Queria fazer! Eu fiz mesmo.

— Fez? Que é que me fez você?

— Esse seu reumatismo, sinhô, então que é? Entrevamento de sinhá velha donde vem? E o negro deu uma gargalhada feroz.

O coronel ficou aterrado.

— Levem, levem daqui esta serpente! – gritou Barbosa. Metam-no no tronco, não quero mais vê-lo. Vai para a vila amanhã. Os negros apoderaram-se de Joaquim Cambinda, que não ofereceu resistência, rodearam-no, levaram-no a empurrões para o meio do terreiro!

— Então foi você que matou meu pai! – dizia um.

— Minha mãe! – bradava outro.

— Meus três filhinhos tão bonitos, que entraram a inchar de repente, na cabeça e na barriga, a amarelar e que morreram com as perninhas finas como pernas de rã! lamuriou uma negra e, tomando do chão um caco de telha, bateu com ele na cara do feiticeiro.

Foi como que um sinal.

Os negros todos achegaram-se a Joaquim Cambinda, uns davam-lhe punhadas, outros escarravam-lhe, outros atiravam-lhe areia nos olhos.

– Peste do diabo! Coisa ruim!

– Feiticeiro do inferno!

– Enforque-se já este demônio!

– O melhor é queimar!

– Que se queime! Que se queime!

E numa confusão horrorosa foram arrastando o desgraçado.

Ao pé do paiol estava um montão de sapé seco, e junto dele uma mesa velha de carro, com uma roda só, desconjuntada, meio podre.

Em um momento amarraram o mísero sobre essa mesa de carro, apesar da resistência louca que ele então procurou fazer, a pontapés, a coices, a dentadas.

Trouxeram sapé, aos feixes, encheram com ele o vão que ficava por baixo da mesa. – Querosene! – gritou uma voz, tragam querosene!

Um moleque correu ao engenho, e de lá voltou com uma lata quase cheia.

Um preto tomou-lhe, subiu à mesa do carro, começou a despejar petróleo sobre Joaquim Cambinda: o líquido corria em fio farto, claro, transparente, com reflexos azulados, ressaltava do peito piloso do negro, da sua calva lustrosa, embebia-se-lhe nas roupas imundas, misturado, confundindo com o suor que manava em camarinhas. Os olhos do miserável revolviam-se sangrentos, seus dentes rangiam, ele bufava.

– Fósforos! Fósforos! Quem tem fósforos? – perguntou o preto, depois que esvaziou a lata, e que fez desaparecer Joaquim Cambinda sob um montão de sapé.

– Eu! – acudiu a negra que dera princípio ao motim, e estende-lhe uma caixa de fósforos.

O preto saltou abaixo, tomou-a, abaixou-se, riscou um fósforo, protegeu-lhe a chama com a mão em forma de concha, encostou-o ao sapé, junto do chão.

Ergueu-se uma fumarada espessa, azul-claro por cima, cor de ferrugem por baixo; a chama cintilou em compridas línguas gulosas, lambeu, rodeou a mesa do carro, chegou ao sapé de cima e ao corpo do negro. As roupas deste, embebidas em petróleo, fizeram uma explosão, inflamaram-se repentinamente. Ele soltou um mugido rouco, sufocado, retorceu-se frenético...

Tudo desapareceu num turbilhão crepitante de fogo e de fumo.

As faúlas voavam longe, e o vento carregava a distâncias enormes as moinhas carbonizadas.

Sentia-se um cheiro acre, nauseabundo de chamusco, de gorduras fritas, de carnes sapecadas.

CAPÍTULO XIII

Até 1887 vivia-se em pleno feudalismo no interior da província de São Paulo.

A fazenda paulista em nada desmerecia do solar com jurisdição da Idade Média. O fazendeiro tinha nela cárcere privado, gozava de alçada efetiva, era realmente senhor de baraço e cutelo. Para reger os súditos, guiava-se por um código único – a sua vontade soberana. De fato, estava fora do alcance da Justiça: a lei escrita não o atingia.

Contava em tudo e por tudo com a aquiescência nunca desmentida da autoridade e, quando, exemplo raro, comparecia à barra de um tribunal por abuso enorme e escandalosíssimo de poder, esperava-o infalivelmente a absolvição.

O seu predomínio era tal que às vezes mandava assassinar pessoas livres na cidade, desrespeitava os depositários de poderes constitucionais, esbofeteava-os em pleno exercício de funções, e ainda... era absolvido.

Para manter o fazendeiro na posse de privilégios consuetudinários, estabeleciam-se praxes forenses, imorais e antijurídicas. Em Campinas, por exemplo, todo o crime cometido por escravos, fossem quais fossem as circunstâncias, era sistematicamente desclassificado; a condenação, quando se fazia, fazia-se no grau mínimo; a pena era comutada em açoites, e o réu entregue ao senhor, que exercia então sobre ele sua vindita particular.

O sucesso pavoroso, o linchamento atroz do feiticeiro pelos escravos da fazenda, não transpirou e, se transpirou, se alguma coisa chegou aos ouvidos das autoridades da vila, elas não se moveram.

O coronel, homem bom, compassivo, horrorizara-se a princípio com o fato que não pudera impedir; afinal entendera que o que não tem remédio remediado está, achara até que o exemplo não havia de fazer mal. Barbosa, conquanto tivesse passado boa parte de sua vida na filantrópica

Albião, era filho de fazendeiro, como tal tinha sido criado: não estranhara, pois, o sucesso, gostara até da solução que ele trouxera a um caso complicado e gravíssimo.

A atmosfera de tristeza, de desalento, que um sucesso trágico gera sempre, foi-se pouco a pouco dissipando.

O viver da fazenda entrou logo em seus eixos: dir-se-ia até havia melhoramento, que se estava mais à vontade. Joaquim Cambinda inspirava medo, ninguém se atrevia a proferir uma palavra contra ele e, todavia, exceto um pequeno número de adeptos de suas práticas, todos o odiavam. A sua morte, como a de todo tirano, fora um motivo de júbilo geral, alargara todos os pulmões que bebiam ar então a haustos largos. Desaparecera o perigo invisível e temeroso que a todo o instante a todos ameaçava.

A *fruiteira* continuava a ser muitíssimo frequentada por pássaros de espécies várias, por serelepes e até por ouriços caixeiros.

Lenita ia por diante com as suas *razzias* matinais. Acompanhava-a então Barbosa, que lhe deixava todo o prazer das caçadas, reservando-se o trabalho. Era ele quem ia buscar as aves mortas, quem perseguia e apanhava as que caiam ainda vivas. Tendo achado um carreiro batido de caça, a alguma distância da caneleira, escolheu um lugar que lhe pareceu apropriado, limpou-o em bom espaço, deitou milho, fez uma ceva. Ao terceiro dia notou com prazer indizível que a caça acudia, que o milho estava comido. Em pouco tempo teve de renová-lo: tinha acabado. Entendeu que era tempo de construir um reparo. Fê-lo quadrangular, grande bastante para duas pessoas. Tapou-o em roda com palmas de guariroba, arranjou dentro um assento de varas, sólido, relativamente cômodo. Cravou no chão forquilhas para encostar as espingardas, dispôs olheiros por onde pudesse espreitar a caça. Antegostava a surpresa agradabilíssima que ia causar a Lenita, o arrebatamento, o êxtase em que ficaria ela, ao defrontar pela vez primeira com caça de importância com caça de grande pelo.

Deixou passar alguns dias para que a caça se familiarizasse com a choça e, quando entendeu ser tempo azado, mandou acordar a Lenita bem de madrugada, muito antes da hora do costume. Saíram. Para atravessar o carreadouro e a picada, Barbosa teve de ir riscando fósforos; estava escuro como breu. Ao chegarem junto da caneleira ainda tudo era trevas. A copa das árvores formava uma pasta compacta, negra, indistinta do negror do céu. Lenita tinha sono, bocejava. A mucama encolhia-se toda, aconchegando-se no xale.

– Parece que perdemos hoje a hora, que viemos cedo demais, disse Lenita.

– Viemos a hora precisa, respondeu Barbosa.

– Os pássaros não começarão a vir nem nesta uma hora.

– Que venham quando quiserem: nós hoje não estamos cá por amor de pássaros.

– Então por amor de que estamos?

– Vai ver. Marciana, você fica aqui. Sente-se, não faça a mínima bulha. Agora, D. Lenita venha comigo.

– Onde vamos nós?

– Vai ver, tenha paciência.

A moça, intrigada ao último ponto, deixou-se guiar silenciosa, dócil. Barbosa ia adiante, mostrando o caminho: ora dava-lhe a mão, ora afastava um ramo, para que lhe não batesse no rosto. Chegaram à ceva.

– Entre, Lenita, disse Barbosa, colocando-se ao lado da porta do reparo, com modo tão cortês; como se a estivera convidando para chegar ao bufê em um salão de *cotillon* cerimonioso, aristocrático.

Lenita entrou confiadamente, resolutamente, naquele antro lôbrego, onde nada se podia divulgar.

Barbosa entrou também, riscou um fósforo, mostrou o banco a Lenita, fê-la sentar, dispôs-lhe a espingarda sobre a forquilha, assestou-lhe sobre a ceva, sentou-se ao lado da moça.

– Mas isto que vem a ser, afinal de contas?

– É uma ceva. Agora silêncio, e esperemos.

No recinto, fechado pelo tapume espesso de palmas ainda verdes, havia um conchego relativo. Lenita, com as mãos agasalhadas em luvas de lã, envolta em um *water-proof* de casimira encorpada, sentindo o calor doce de Barbosa, achava-se bem. Hauria o ar puro, fresco, da mata, respirava as emanações de guariroba, essas emanações irritantes de palmeiras, que adormentam o cérebro em uma lubricidade mística. Ouvia coar delícias o pingar manso e monótono de orvalho na camada de folhas secas. E despercebidamente o tempo ia passando. Amanheceu. A luz penetrou na mata, deu tom aos troncos, coloriu a folhagem, alumiou o chão pardacento e varrido da ceva, no qual o amarelo do monte de milho punha uma nota muito clara.

De repente Barbosa deu com o joelho em Lenita.

Um animal pequeno, esguio, elegante, emergia do mato e avançava cauteloso, alongando o corpo fino. Chegou ao milho, retraiu-se, encolheu-se, fugiu aos corcovos, sumiu-se, reapareceu e, sempre arisco, sempre desconfiado, principiou a comer. Pouco a pouco perdeu o receio, ergueu as patas dianteiras, sentou-se sobre as traseiras e, tomando uma espiga entre as mãozinhas, começou a roê-la com apetite, vorazmente.

Lenita, com o coração a bater descompassado, descorada, quase sem consciência, como por instinto venatório, aperrou a arma, fez pontaria, desfechou.

O tiro restrugiu pela mata, repercutiu com um baque seco nas quebradas distantes.

A clareira encheu-se de fumo.

A moça e Barbosa saíram correndo a ver o resultado do tiro.

Junto do milho, com o pelo arrufado, percorrido a espaços por uma crispação fraca, estava o animal, atravessado de banda a banda pela chumbada mortífera. Era uma cutia.

Ao vê-la ferida, prostrada, a exalar o derradeiro débil alento, o prazer de Lenita foi tão intenso, que dobraram-se-lhe as pernas, e ela caiu de joelhos, erguendo para Barbosa um olhar repassado de gratidão.

Levantou-se, largou a espingarda, tomou o animal, sopesou-o com ambas as mãos, a tremer, dementada pelo triunfo, em arrancos de risos nervosos.

– Agora é irmos para a choça, que não tarda a vir mais caça, disse Barbosa e, raspando terra com os pés, cobriu o sangue e o pelo que havia no chão; depois ergueu a espingarda de Lenita, apresentou-lhe e pediu-lhe a cutia para levar.

– Leve-me a espingarda, eu quero levar a cutia, respondeu a moça.

Instalaram-se de novo na choça. Lenita carregou a espingarda, sentou-se, pôs a cutia diante de si, apoiou as pontas dos pés no seu corpo macio, cravou na ceva olhares vigilantes, cobiçosos, sôfregos.

Não esperou muito. Ouviu-se um estalar de ramos quebrados e, um logo após outro, apresentaram-se dois vultos escuros, grandes, dois enormes porcos de queixo branco. Entraram no limpo da ceva confiados, lentos, majestosos, caminharam direto ao milho, trombejando, fossando, fazendo estalar os dentes. Pararam, puseram-se a comer tranquilamente, descuidosamente.

Lenita engatilhou a espingarda, quis metê-la em pontaria. Barbosa impediu-a com um gesto enérgico.

– Não se mova, segredou-lhe rapidamente, ao ouvido. Estamos em perigo sério.

– Em perigo?

Os dois porcos continuavam a trincar, a esmoer o milho, sem suspeitar da vizinhança de gente.

Passaram-se dez minutos, dez séculos de ansiedade para Lenita.

Barbosa lento, cauteloso, sem fazer o mínimo rumor, como uma sombra, tirou a espingarda de Lenita, e pôs em lugar a sua, uma arma excelente de Pieper, canos *shoke-rifled*, calibre 12.

– Atire com esta – disse em voz baixa que mal Lenita o pôde ouvir, não tenha receio, não dá coice.

Lenita armou os dois cães, premendo os gatilhos para que não estalassem os gafanhotos nos dentes das nozes, levou a arma à cara e, quase sem apontar, disparou um tiro e outro imediatamente.

Os estampidos das cargas fortíssimas ribombaram pela mata de modo pavoroso: a fumaça enevoou a ceva, tapou tudo; sentia-se o cheiro forte, bom, de sulfureto de potássio, de pólvora queimada.

Lenita impaciente, incapaz de conter-se, quis sair. Barbosa a reteve.

– Cuidado! – disse, esperemos que se dissipe a fumaça. O caso é sério. São queixadas.

– Então foi a queixadas que eu atirei?

– Foi, e felizmente não há bando, são só dois.

– Se houvesse bando?

– Estaríamos perdidos.

– São assim perigosos?

– Em bando, no mato, piores do que onça. Por amor das dúvidas, dê-me a espingarda, quero carregá-la.

Demoradamente foi-se dissipando o fumo. Barbosa e Lenita saíram. Junto do milho o chão estava escarvado, via-se muito sangue. De dentro do mato, de pequena distância, vinha um grunhido, como um ronco lastimado.

Barbosa ordenou a Lenita que se deixasse ficar e, com a espingarda armada, pronto a dar fogo, entranhou-se no mato, do lado donde vinham os grunhidos. Não teve que andar muito: a pouco espaço, perto um do outro, jaziam os dois porcos, alcançados ambos pelos tiros certeiros de

Lenita. Um estava morto, o outro estertorava enfraquecido nos arrancos da agonia.

– *Albo notanda dies lapillo!*

Venha Lenita, venha ver o que fez! – gritou Barbosa.

Lenita, apressada, correu sem se importar com os ramos que lhe açoitavam, que lhe arranhavam o rosto, sem dar fé dos espinhos que lhe rasgavam a roupa. Chegou-se: ao dar com as suas vítimas, perdeu de todo a cabeça, teve como uma vertigem, soltou um grande grito, atirou-se a Barbosa, abraçou-o freneticamente. Depois caiu em si, retraiu-se confusa, desapontadíssima, correu a examinar as queixadas.

Baixou-se junto do que estava morto, examinou-lhe detidamente, minuciosamente: os cascos aguçados, as cerdas duras, longas, as orelhas tesas, a tromba lisa, os olhos pequeninos, sanguíneos, os colmilhos oblíquos, o queixo branco. Tirou as luvas, premiu-lhe, esvurmou-lhe a glândula tumefata das cadeiras, fez correr o líquido lácteo, catinguento.

– Foi feliz, disse Barbosa, risonho. Fez uma proeza de que se não podem gabar muitos caçadores velhos.

– E ao senhor o devo! Obrigada!

Havia tanta doçura, tanto sentimento no modo por que Lenita disse essa frase, que Barbosa sentiu um calafrio percorrer-lhe o dorso. Foi-lhe preciso uma violência enorme sobre si próprio, para conter-se, para impedir-se de atirar-se à moça, de cobri-la de beijos.

– Então, perguntou ele, voltarmos ao reparo, a esperar mais caça?

– Não, respondeu Lenita, queixadas com certeza não vêm mais, e seria profanar o dia e a espingarda atirar a caça inferior. Como havemos de levar estes monstros?

Eu mando um preto buscá-los com um cargueiro.

– A cutia ao menos eu quero levar.

– Pois levaremos a cutia.

– Aquele porco menor não quer morrer. Vamos nós dar-lhe mais um tiro?

– Não vale a pena, ele morre logo. Está muito mal, ferido.

– Mas são mesmo queixadas?

– E dos maiores.

– Boa carne?

– Excelente, melhor ainda que a do tateto.

– Em que se diferencia a queixada do tateto?

– A queixada, *Dycotylus torquatus*, vive só na mata virgem, é maior e muito mais feroz do que o tateto, *Dycotylus labiatus*, que é pequeno, medroso e que vive às vezes na capoeira. A nota, porém, característica que os distingue é ter a queixada o queixo branco, como está vendo.

– E é daí que lhe vem o nome?

– Exatamente. Então, vamos?

– Com franqueza, estou sem ânimo de separar-me das minhas soberbas vítimas. Mas vamos.

E foram.

A ceva ficou deserta por muito tempo. De súbito, pequenino, atrevido mesmo pela sua insignificância, surdiu um rato, chegou-se sem cerimônias, entrou a roer o milho, o germe somente, o coração. Depois veio outro, e outro, um bando. O sol, coando um raio por entre a folhagem, ateava ao monte de milho solto e de espigas descascadas um incêndio de reflexos cor de ouro.

Rojando em ondulações por entre as plantas rasteiras da mata, entreparando num lugar, escutando em outro, veio avançando para a ceva uma cobra de grande talhe. Tinha o dorso fusco, sem brilho, maculado de losangos escuros, quase negros. A cabeça era chata, o focinho tronco, como que aparado, com duas fossazinhas tapadas, duas ventas falsas. De cada olho partia um traço escuro que ia fenecer no pescoço. A cauda terminava em um como rosário curto, de contas córneas, ocas, achatadas, que, ao rastejar do animal deixavam escapar um ruído leve, quase imperceptível, do pergaminho fuxicado.

Chegou, viu os ratos, parou, foi-se torcendo em espiral, formou um rolo, donde emergia, atenta, vigilante, a pavorosa cabeça. O olhar negro luzente, gélido, tinha uma fixidez fascinadora. A língua lúrida, comprida, fina, bífida, açoitava o ar em rápidas lambidelas. Um dos roedores percebeu o réptil, fitou-o aterrado, encolheu-se, enovelou-se, arrepiou o pelo, começou a chiar lastimosamente, miseravelmente. Os outros desapareceram.

Continuava a fascinação.

O desgraçado rato tremia. Começou de mover-se às guinadas, dando saltos irregulares, atáxicos. Não fugia, avançava para a cobra. Chegou-se-lhe muito perto. O rolo hediondo distendeu-se rápido, como uma mola de relógio, que se escapa do tambor, deu um bote. O animalzinho, ferido pelo dente fulmíneo, virou de costas. Dentro de um minuto estava morto.

A cobra desenrolou-se então de uma vez, estendeu-se ao comprido, abriu, escancarou uma boca enorme, começou a deglutir a presa, desarticulando as mandíbulas para dar passagem ao corpo relativamente volumoso...

Depois, saciada, farta, com o repasto a formar um bolo visível exteriormente no abdome dilatado, foi deslizando, lenta, preguiçosa, em busca de um abrigo, até que chegou ao reparo, entrou, enrodilhou-se embaixo do banco de varas, e aí começou o sono comatoso da digestão equídnica.

– Lenita passou o dia contentíssima, a lembrar-se a todo o momento da sua brilhante façanha venatória. Fechava os olhos, via as cevas, as queixadas. Estava satisfeita consigo, estava orgulhosa.

O jantar foi alegre.

Louro, coberto de rodelas de limão, apetitoso, tentador, figurou nele o lombo de uma das queixadas. A peça, nobre, a cabeça, *la hure*, desossada magistralmente por Barbosa, que, como o velho Dumas, era perito em culinária, campeou em um prato travessa, imponente, majestática, fragrante, cativadora.

– Hoje morro de indigestão, e é você quem me mata, Lenita, dizia o coronel, repetindo pedaço sobre pedaço. Há anos que me não encontro com porco-do-mato! Essa cabeça está divina; como ela... só o lombo!

Logo depois do café, ela, Barbosa e a mucama seguiram para a ceva.

Muito embora seja quente o dia, na mata há sempre frescor. A luz não era crua, mordente, como em uma campina rasa; esbate-se, quebra-se, dá aos contornos dos objetos um aveludado mole, uma languidez suavíssima. Os sons se abrandam, tomam como um timbre murmuroso. Na mata domina a todas as horas o que quer que é de vago mistério.

Lenita, nessa atmosfera balsâmica, sadia, achava-se feliz. Ao bem-estar gozoso, indefinível, que gera a boa digestão de um repasto suculento, juntavam-se alegrias de mente, a consciência de que seu amor por Barbosa era correspondido, o triunfo esplêndido, inesperado, incrível sobre duas temerosas feras. Fora por traição que as matara a tiro, escondida... embora! Na luta terrível da vida toda a arma aproveita. A astúcia é uma força. A espingarda de bala explosiva é que equipara o homem ao rinoceronte: para mostrar coragem irá o homem atacar o rinoceronte sem espingarda de bala explosiva? As alimárias da selva não se deixam aproximar, fogem mal farejam a vizinhança do homem; o homem só consegue tê-las em alcance escondendo-se, dissimulando-se: pois, para ser leal, irá o homem avisá-las a gritos de que se acha presente? A força é uma contração da fibra muscular, o pensamento é uma irritação da célula nervosa: por que não empregar uma contra a outra? Na batalha da existência, seja qual for a arma a empregar, o que impor é não ficar vencido: o vencedor tem sempre razão. As queixadas tinham morrido. Lenita estava triunfante: o cérebro vencera o músculo mais uma vez. O fato era esse, o mais não entrava em linha de conta.

Barbosa quedou-se ao pé da caneleira, a estudar umas epífitas que descobrira sobre um tranco carcomido.

– Então não vem? – perguntou-lhe Lenita.

– Já não. Leve consigo a Marciana, que pode ajudá-la no que for preciso. Perigo não existe mais: queixadas só havia aqueles, desguaritados de uma vara que por aqui estanciou, há meses. O administrador conhecia-os, já os tinha visto quando andou a tirar madeiras.

– Então até logo.

– Até já, eu não me demoro.

Lenita seguiu com Marciana por um pouco; mandou que ela se quedasse ali, junto de uma árvore, ao alcance da voz, às ordens; chegou-se à ceva, espiando de longe, cautelosa. A ceva estava deserta.

Entrou no reparo, sentou-se, dispôs a espingarda, começou a esperar.

Um bando de urus vinha-se aproximando; por duas vezes ouviu ela perto o seu harpejo aflautado, sonoro, intercadente. Mostraram-se, invadiram a ceva. Eram doze. Uns deitaram-se, desidiosos, dispépticos, arrufando as penas, espojando-se; outros entraram a comer gulosamente, sofregamente.

Lenita fez um movimento para erguer-se, e pisou em uma coisa mole, que achatou sob a pressão do seu pé. Ao mesmo tempo quase, uma como chicotada surrou-lhe as pernas, e ela sentiu no peito do pé esquerdo um ligeiro prurido, um pequeno ardor.

Fez-se um rebuliço nas palmas do tapume, ao rés-do-chão, e ouviu-se o chocalhar áspero, nervoso, irritante, como de uma vagem seca de fava, em vibração frenética.

A um canto do reparo, armada pronta para novo bote, estava a cascavel. Os olhos pequeninos, fixos, luzentes como diamantes negros, pareciam despedir relâmpagos gelados. O extremo da cauda, erguido verticalmente, tremia como o badalo de uma campainha elétrica, como um jato de vapor a escapar-se de um conduto estreito.

Lenita sentia-se ferida, conheceu o perigo em que estava. De um salto saiu do reparo, atirou-se para o limpo da ceva.

Os urus fizeram uma revoada temerosa, fugiram em todas as direções.

Com admirável presença de espírito, Lenita sentou-se no chão, descobriu a perna, tirou o sapato e a meia.

Na pele alvíssima do peito do pé viam-se dois arranhões paralelos, pequenos, de pouco mais de um centímetro de comprimento.

Lenita espremeu-os, limpou-os de uma serosidade amarela que continham, tirou a fita que prendia a trança, amarrou a perna, acima do tornozelo, apertou muito a atadura.

Depois gritou pela rapariga, mandou que chamasse Barbosa a toda pressa.

Barbosa não se demorou.

Ao dar com Lenita, pálida, sentada no chão da ceva, sem espingarda, com o pé descalço, ficou pasmado, não sabendo o que pensar.

– Que tem, Lenita, que lhe aconteceu, perguntou acercando-se, ansiado.

– Estou picada de cobra.

– Não me diga isso, não brinque assim.

– É sério.

– Onde é que está picada?

– Aqui no pé, veja.

– Sabe que cobra foi?

– Cascavel.

Barbosa empalideceu; por um momento ficou como atordoado.

Dominou-se, porém, logo ajoelhou-se, tomou o pé de Lenita entre as mãos, examinou detidamente.

– Não há de ser nada; disse.

Nenhuma veia importante foi tocada. A precaução que tomou de atar a perna com esta fita foi excelente. Agora, nada de acanhamento, entregue-se a mim deixe-me fazer o que entendo.

Tirou do bolso um charuto, trincou-o nos dentes, mascou-o, encheu a boca de tabaco dissolvido em saliva, tomou de novo o pé de Lenita, com respeito, com adoração quase, chegou-lhe a boca, entrou a sugar-lhe a ferida a sorvos vagarosos, contínuos, fortes.

Cuspiu, renovou o tabaco, repetiu a operação.

– É curioso, disse Lenita, eu nada sinto, nada absolutamente; é como se não tivesse sido picada.

– Mas tem certeza mesmo de que foi cobra, de que foi cascavel?

– Ora! Escute lá. Ouve?

No reparo continuava a chocalhada sinistra.

Barbosa tomou a espingarda, aperrou-a, aproximou-se do reparo, olhou pela porta, levou a arma à cara, fez fogo. Depois entrou e saiu logo com a cobra, morta, suspensa pela cauda. Tinha de seis a sete palmos, era muito grossa, um crótalo medonho, um monstro.

– Lenita, disse Barbosa, atirando o réptil ao chão, seria fazer-lhe injúria dissimular a gravidade do que aconteceu. Mas as providências tomadas dão-nos quase ganho de causa: você com a atadura impediu em tempo a circulação do sangue e, por conseguinte, a absorção do veneno; eu suguei a ferida, e retirei o que era ainda possível retirar. Sente alguma coisa agora?

– Apenas um pouco de turvação na vista.

– Vamos para casa. Vou seguir um processo racional de curativo, e espero vê-la logo risonha e alegre, outra vez, aqui na ceva. Não tire, não deixe afrouxar o amarilho da perna.

Foram. Lenita em caminho teve duas vertigens, quase caiu. Em algumas subidas ásperas Barbosa carregava-a. Marciana acompanhara-os levando as espingardas. Chegaram. Lenita despiu-se, deitou-se. Tinha frio, sentia sonolência.

Barbosa foi ao seu quarto e de lá voltou com uma garrafa de rum: abriu-a, encheu um cálice grande, fê-lo beber a Lenita, inteirinho de uma vez.

– Bom, temos meio caminho andado. Agora toda a docilidade, sim?

Lenita aquiesceu com um gesto triste.

Barbosa assentou-se à beira da cama, levantou discretamente uma parte das cobertas, tomou o pé ferido de Lenita, desfez o atilho da perna. Um vinco em círculo afundava-se lívido, um pouco acima do tornozelo. O pé estava inchado.

Esfregou por algum tempo a pele, restabelecendo a circulação; tomou depois a pôr a ligadura.

Lenita entrou a ficar ansiada, aflita.

– Dói-me a cabeça, foge-me de todo a vista, confundem-me as ideias.

– Tome mais um cálice de rum, é preciso.

– Tomo, mas escute, diga-me uma coisa com franqueza, eu vou morrer, não?

– Não, não morre. Eu respondo pela sua vida.

– Não morro! Diz isso para me animar. Eu bem sei o que é veneno ofídico.

– Também eu, e por isso afirmo que não morre.

– Seja. Em todo o caso, quero lhe dizer uma coisa, chegue-se aqui bem perto.

Barbosa aproximou a cabeça do rosto da moça.

– A minha convicção é que morro e eu não quero morrer sem lhe contar um segredo.

– Diga, Lenita, diga o que quiser, confie em mim, sou seu amigo.

– Amo-o, Barbosa, amo-o muito...

Barbosa teve um deslumbramento. Dominou-se, curvou-se, beijou Lenita na testa, castamente, paternalmente.

– Pobre menina!... Mas não morre! Tome mais um cálice de rum, sim?

– Ora, o primeiro já me atordoou.

– É mesmo para isso, tome.

Lenita ergueu-se, bebeu a custo, recaiu pesadamente sobre o travesseiro.

– Tenho sono... quero dormir... E fechou os olhos.

Barbosa velou-lhe à cabeceira quase a noite toda: de meia em meia hora desfazia-lhe o atilho da perna e, depois de ter restabelecido a circulação por um pouco, tomava a apertá-lo: a moça não dava acordo. Inconscientemente, a dormir, murmurando palavras inconexas; ingeriu mais dois cálices de rum que lhe fez beber Barbosa, meio à força.

Pela madrugada despertou, chamou a mucama. Barbosa retirou-se discretamente, Lenita tornou logo a adormecer.

Quando amanheceu Barbosa interrogou a mucama:

– D. Lenita urinou?

– Urinou, sim, senhor.

– Deitou você fora a urina?

– Não, senhor, está ali no vaso, dentro do criado-mudo.

– Vá buscar.

A rapariga trouxe o vaso: estava acima de meio de uma urina carregada, sanguinolenta.

– D. Lenita suou?

– Não reparei, não senhor.

– Vá ver. Se tiver suado, troque-lhe a roupa, e traga-me aqui a camisa molhada.

Dentro de dez minutos a rapariga voltou com o camisolão de dormir, que tirara de Lenita, úmido, levemente tinto em alguns lugares, de um vermelho deslavado.

Ao meio-dia a moça acordou.

Estava fresca, bem-disposta, sentia-se com apetite.

Barbosa mandou vir um caldo de frango, suculento, grosso, fê-la tomar uma xícara dele e beber um cálice de vinho velho.

O coronel, informado do que acontecera, estava aflitíssimo.

– Vegetalina, por que não lhe deu vegetalina? É um grande remédio.

– Grande remédio é o álcool, respondeu Barbosa. A vegetalina e outros quejandos específicos devem o efeito, que se lhes atribui, ao álcool em que são administrados.

– Olhe que a vegetalina tem arrancado muita gente da sepultura.

– E como se dá a vegetalina, não me dirá?

– Em cachaça forte, de vinte e quatro graus.

– Ora aí está. Lenita não tomou vegetalina, e eu a considero livre de perigo.

– Tinha pouco veneno a cascavel, era pequena?

– Era enorme.

– E Lenita, acha você que esteja livre de perigo?

– Ela teve a boa inspiração de atar a perna; chupei-lhe as feridas: pouco veneno foi absorvido.

– Você chupou? E pôs fumo na boca? Não tinha alguma fístula na gengiva, alguma escoriação na língua?

– Felizmente tenho a boca perfeitamente sã.

– E que lhe deu você a beber?

– Álcool excelente, rum de Jamaica.

– Só?

– Só

– Hum! Não sei...

– O meu tratamento foi todo racional: pus em prática o que aprendi de Paul Bert, que o aprendeu de Claude Bernard. Vossa mercê conhece bem o jogo da circulação. O sangue hematoso nos pulmões vai, pela veia pulmonar, armazenar-se nos compartimentos esquerdos do coração: daí sai pela aorta, corre pelo sistema arterial, vivifica todo o organismo, chega aos capilares, transfunde-se, toma carregado de resíduos pelas veias, entra na aurícula direita do coração, recolhe os elementos reparadores trazidos pelas veias subclávias, passa para o ventrículo respectivo, volta a depurar-se, a reoxigenar-se nos pulmões, e assim por diante, sempre. Ora muito bem. No caso de uma infecção qualquer de veneno, de uma mordedura de cobra por exemplo, há três fases, três etapas indefectíveis: primeira, dissolve-se o veneno nos humores animais que se encontram na ferida; segunda, penetra o veneno nas veias e é levado ao coração; terceira, põe-se o veneno em contato com os elementos orgânicos do corpo por meio da torrente arterial. Meu pai sabe que o que constitui venenosa uma substância qualquer não é a sua qualidade, mas sim a sua quantidade: um miligrama de estricnina não é venenoso para o homem porque, tomado de uma vez, não o mata: um litro de conhaque é venenoso para ele porque, tomado de uma vez, fulmina-o. Um veneno que se elimina antes de exercer ação tóxica deixa de ser veneno. No caso de mordedura de cobra, para que o veneno produza efeito mortífero, é preciso que a sua eliminação seja desproporcional, é preciso que seja menor do que a absorção: é indispensável que haja acumulação no sangue. Pois bem: o veneno está na ferida, mas não pode subir, que lhe impede uma ligadura. Impossível prolongar tal estado, traria a gangrena. Força é desfazer o atilho, deixar subir o sangue e com ele o veneno. Desfaz-se, deixa-se aos poucos, porém, de modo que o veneno que entra com o sangue não seja suficiente para produzir ação letal, de modo que seja eliminado antes que venha outra quantidade que, somada com ele, possa produzir essa ação. Assim, pois, solta-se a ligadura, aperta-se de novo, torna-se a soltar, torna-se a apertar, até que todo o veneno tenha percorrido o corpo e tenha sido eliminado sem efeito mortífero. O álcool excita os nervos, aviva a torrente circulatória; ajuda, portanto, facilita a eliminação.

– E há exemplos de curas realizadas com esse processo?

– Inúmeros. Claude Bernard salvava, quando queria, animais que ele próprio tinha ferido com flechas curarizadas. Na província do Rio um amigo meu foi picado por uma surucucu enorme, e eu salvei-o seguindo este tratamento.

– Então a Lenita?...

– É o meu segundo caso de cura: julgo-a tão livre de perigo agora como estava ontem, antes de ser picada.

– Posso vê-la?

– Por certo.

Entraram no quarto. Lenita estava sentada na cama, com as pernas encruzadas à chinesa, por debaixo das cobertas. Alegre, radiante, tinha esse ar de triunfo que têm todos os doentes escapos de moléstia grave. Um lenço de cambraia alvíssima, dobrado em tira, cingia-lhe a cabeça como um diadema, fazendo sobressair o brilho dos olhos, o negror dos cabelos, o doirado pálido das faces. Uma camisa de dormir, afogada, de seda crua, mal dissimulava nas pregas largas e moles a linha dura dos seios.

– Então, com que, pronta para outra! – disse o coronel. Pois escapou de boa! É no que dão as caçadas. Podia estar morta a esta hora!

– Mas estou viva.

– E não ganhou medo ao mato?

– Não, ganhei experiência. Serei vigilante, cautelosa para o futuro: não assentarei o pé em um lugar qualquer sem o ter examinado bem primeiro. E, realmente, mais foi o susto. Olhe, eu tive um pouco de dor de cabeça, enfraquecimento geral, sonolência: sofrer, sofrer mesmo, não sofri.

– Foi feliz, acertou com bom médico.

Lenita volveu para Barbosa um olhar doce, repassado de gratidão.

CAPÍTULO XIV

O veneno de cobra, parece, deixara viciado o sangue de Lenita.
Sentia-se ela tomada de acessos súbitos de fraqueza moral, exatamente como nos primeiros tempos de sua vinda para a fazenda.
Deixara de caçar, deixara de ler; extinguira-se-lhe a sede de ciência.
Sentava-se a toda a hora na rede ou em uma cadeira de balanço e imergia em cisma. Comia pouco, quase nada.
Às vezes encostava-se à mesa, debruçava-se, pegava em um lápis, em uma flor, em um objeto qualquer, e virava-o, revirava-o, batia com ele em ritmo estranho, durante tempo largo, com os olhos parados, sem expressão na face, como se estivesse a um milhão de léguas das coisas da terra.
Barbosa, por sua parte, tornara-se reservado; a confissão de amor que Lenita lhe fizera acanhava-o a ele.
Insensivelmente deixara-se prender em um laço de que não cogitara, que nem sequer suspeitara. Achava-se em posição escabrosa. Amava a Lenita doidamente, perdidamente; sabia que era dela amado; ouvira-lhe a ela própria. Que mais? Ou cortar de vez tudo, fazer as malas, embarcar-se para a Europa, ou tornar-se abertamente amante da rapariga. A *flirtation* sentimental, platônica, naquele caso, era uma imbecilidade, um cúmulo de ridículo.
E Barbosa passava a maior parte do tempo em visitas e jogos pela vizinhança ele que dantes não jogava, que não visitava a ninguém.
Andava pelo mato, de espingarda; mas a espingarda era um pretexto; ele não caçava.
Uma tarde, ao descambar do sol, sentou-se cansado à raiz de uma figueira branca, no centro da mata virgem, olhou para cima maquinalmente; viu um enorme quati-mundé, que o espiava da bifurcação de um galho, fazendo-lhe gaifonas com o longo focinho pontiagudo. Como se não bastasse a tentação, ouviu-se um batido de asas forte, volumoso, e um

macuco gigantesco veio empoleirar na figueira, bem por cima do quati. Pousou, achatou-se em um galho, sacudiu-se, aconchegou-se, encolheu a cabeça, soltou três pios altos, seguidos, compassados. Barbosa não prestou atenção nem ao quadrúpede, nem à ave. A sua espingarda continuou imóvel entre os joelhos.

Por diante dos olhos, como em uma visão beatífica, esvoaçava-lhe a imagem de um pé, do pé de Lenita, branco, cetinoso, brevíssimo, com unhas róseas transparentes, e veias azuladas.

E ele beijara esse pé, mais do que isso, ele sugara lentamente, por muito tempo, tendo na mão o calcanhar adorável, redondo, rubro, onde a pressão de seus dedos deixava marcas muito brancas.

Sentia o saibo da pele fina, veludosa, ameaçada de morte, mas cheia de vida. Seus lábios como que tinham memória, recordavam-se.

E o beijo paternalmente parvo que lhe dera na testa ao confessar-lhe ela o amor que lhe tinha. Ainda lhe hauria o perfume natural dos cabelos, o hálito fresco, lácteo, são, como o que vem da boca de um bezerro novo.

Por que não aceitar esse amor que se impunha, que se dava, que se oferecia? Não procurara ele a Lenita, viera ela a seu encontro, cônscia da situação, sabendo que ele era casado, que a não poderia nunca desposar legitimamente.

E sem rebuços, com prudência castíssima, fizera uma confissão que as mulheres nunca querem ser as primeiras a fazer. Gracejo não tinha sido, a ocasião não era para gracejos.

Que mal adviria ao mundo de que se enlaçassem, de que se possuíssem, de que se gozassem um homem e uma mulher que se amavam?

Não se podia casar com Lenita? Que tinha isso? Que é o casamento atual senão uma instituição sociológica, evolutiva como tudo o que diz respeito aos seres vivos, sofrivelmente imoral e muitíssimo ridícula? O casamento do futuro não há de ser este contrato draconiano, estúpido, que assenta na promessa solene daquilo exatamente que se não pode fazer. O homem, por isso mesmo que ocupa o supremo degrau da escada biológica, é essencialmente versátil, mudável. Hipotecar um futuro incerto, menos ainda, improvável, com ciência de que a hipoteca não tem valor, será tudo quanto quiserem, menos moral. Amor eterno só em poesias piegas. Casamento sem divórcio legal, regularizado, honroso, para ambas as partes, é caldeira de vapor sem válvulas de segurança, arrebenta. Encasaca-se, paramenta-se um homem, atavia-se, orna-se de flores simbólicas uma mulher: e lá vão ambos à igreja, em pompa solene, com grande comitiva: para quê? Para anunciar em público, em presença de quem quiser ver e ouvir, a repiques de sino e som de trompa, que ele quer copular com ela, que ela quer copular com ele, que não há quem se oponha, que os parentes levam muito a bem... Bonito! E a multidão de *badauds,* velhos e moços, machos e fêmeas, de olhos encarquilhados e dentes à mostra em riso alvar, dando-se cotoveladas maldosas, segregando obscenidades! Seria ridículo, se não fosse chato, sujo.

O amor é filho da necessidade tirânica, fatal, que tem todo o organismo de se reproduzir, de pagar a dívida do antepassado segundo a fórmula bramática. A palavra amor é um eufemismo para abrandar um pouco a verdade ferina da palavra cio. Fisiologicamente, verdadeiramente, amor e cio vêm a ser uma coisa só. O início primordial do amor está, como dizem os biólogos, na afinidade eletiva de duas células diferentes, ou melhor, de duas células diferentemente eletrizadas. A complexidade assombrosa do organismo humano converte essa afinidade primitiva, que deveria ter sempre como resultado uma criança, em uma batalha de nervos que, contrariada ou mal dirigida, produz a cólera de Aquiles, os desmandos de Messalina, os êxtases de Santa Teresa. Não há recalcitrar contra o amor, força é ceder. À natureza não se resiste, e o amor é natureza. Os antigos tiveram uma intuição clara da verdade quando simbolizaram em uma deusa formosíssima implacavelmente vingativa, na Vênus Afrodite, o laço que prende os seres, a alma que lhes dá vida.

Lenita se lhe oferecia, pois bem, ele seria o amante de Lenita.

E Barbosa ergueu-se robustecido, forte, como quem acaba de tomar uma resolução definitiva, caminhou apressadamente para casa.

Quando chegou era quase noite, já estava escuro.

Entrou no seu quarto, largou a espingarda e a patrona, riscou fósforos, acendeu uma vela, lavou as mãos.

Saiu.

No corredor, ao chegar à antessala, deu com alguém: era Lenita.

– Oh! – exclamou ele.

As mãos de ambos como que se procuravam no escuro: encontraram-se, entrelaçaram-se.

Barbosa puxou Lenita para si, quis beijá-la na boca, não teve ânimo, beijou-a ainda na testa.

Lenita abandonava-se, entregava-se, molemente, sem resistência.

No corredor tudo eram trevas: Barbosa não via a chama negra da volúpia que torvelinhava nos olhos da moça; não lhe via a palidez das faces, o rubor dos lábios, a arfarem túmidos, mendigando beijos; não lhe via o quebramento langue de pescoço.

A resolução tomada fraqueou, cedeu: sentiu-se Barbosa sem coragem, sem desejos, sem virilidade mesmo. Batia-lhe o coração a estos desordenados, como o de um seminarista que pela vez primeira se acha a sós com uma mulher da vida.

De repente, afastou Lenita de si com gesto brusco, fugiu desatinado.

Ouviu-se um soluço triste, dorido, que vinha das trevas do corredor.

A ceia dessa noite correu cheia de constrangimento: nem Barbosa olhava para Lenita, nem Lenita para Barbosa. Comiam, ou antes, fingiam comer em silêncio.

– Esta menina precisa de tomar remédios, disse o coronel, reparando no abatimento, no apetite quase nulo de Lenita. Depois da tal história da cobra deixou de ser o que era. Se tivesse usado da vegetalina, o caso seria outro.

Veio o chá: quando acabaram de tomá-lo, Barbosa levantou-se, deu boa-noite ao pai, despediu-se de Lenita em voz sumida, soturna, cerimoniática; chamou-lhe minha senhora. Recolheu-se.

Lenita ainda conversou por algum tempo com o coronel. Seguia, fingia seguir bem o assunto, fazendo observações, multiplicando perguntas, afetando muito interesse. De repente deixava escapar uma exclamação forte, descabida, deslocada, que nada tinha com o que estava tratando. Caía em si! Procurava homologar o que dissera, atrapalhava-se, confundia-se. Dava estremeções súbitos, como quem recebe inesperadamente uma alfinetada. Corava, empalidecia, tinha na voz um timbre esquisito.

– Menina, sabe você de uma coisa, disse o coronel, vá se acomodar: você não está boa. Se eu não tivesse visto que você quase nada comeu, diria que a ceia lhe tinha feito mal. Ande, vá se deitar, procure dormir.

Lenita obtemperou sem replicar.

Foi para o seu quarto.

Um banho morno, em que se demorou, não serviu para acalmar-lhe os nervos, muito pelo contrário. Arrepiava-se ao perpassar da esponja, ao sentir as suas próprias mãos; a água tépida irritava-a como se fosse um contato humano estranho.

Saiu, enxugou-se em uma toalha felpuda, grande, vestiu uma camisa branca de cambraia finíssima, deitou-se por sobre as cobertas, de costas, bem estendida, com as mãos entrançadas por baixo da cabeça, com uma perna por cima da outra.

A cambraia mole, semitransparente, desenhava-lhe as formas esculturais do busto, do ventre, das coxas, e toda essa alvura de pele e de tela sobressaía, realçada pelo vermelho-escuro do damasco da colcha. O tempo passava.

Do quarto de Lenita ouvia-se bater compassado, lento, o pêndulo do velho relógio francês da antessala.

Deu dez horas, deu onze, deu meia-noite. Cada pancada do badalo na campainha soava muito distinta, muito, vibrante.

Lenita mudava de posição, revolvia-se na cama, não dormia, não podia adormecer.

Uma obsessão mordente subia-lhe da periferia do corpo, comprimia-lhe o coração, atordoava-lhe o cérebro.

Sentia picadas na pele, tinha calafrios, zuniam-lhe os ouvidos.

Sugando-lhe as feridas feitas pelos aguilhões da cobra, Barbosa retirara um veneno, mas deixara outro. Lenita nunca mais cessara de sentir a sucção morna, demorada, forte, dos lábios de Barbosa em torno às picadas, no peito do pé. A sensação estranha, deliciosa, incompatível que produzira essa sucção perdurava, vivia; mais ainda, multiplicava-se, alastrava. Era um formigamento circular que lhe trepava pelas pernas, que lhe afagava o ventre, que lhe titilava os seios, que lhe comichava os lábios.

E ela queria Barbosa, desejava Barbosa, gania por Barbosa.

Esperar até amanhecer: uma! duas! três! quatro! cinco! seis horas! Ouvir o tic-tac do relógio, lento, medido, regular, igual, metálico; monótono, impiedoso; ouvi-lo sessenta vezes por minuto, três mil e seiscentas vezes por hora, vinte e uma mil e seiscentas vezes nas seis horas que faltavam para amanhecer? Impossível!

Ergueu-se e, descalça, em camisa, inconsciente, louca, abriu a porta, atravessou a sala, abriu a outra porta, saiu na antessala, enfiou pelo corredor, parou junto à porta do quarto de Barbosa, a escutar.

E nada ouvia.

Dentro, fora, dominava um silêncio profundo, quebrado apenas pelas pulsações violentas do seu próprio coração.

Encostou o ouvido à fechadura, nada.

O seu ombro fez uma ligeira pressão sobre a folha da porta, e esta cedeu, entreabriu-se, chiando ligeiramente.

Uma lufada de ar quente, saturada de aroma de charuto havano, veio afagar-lhe o rosto, os seios, o busto quase desnudo no decote grande da camisa.

Lenita perdeu completamente a cabeça, entrou: em bicos de pés, sem fazer rumor, escorregando, deslizando, como um fantasma, abeirou-se da cama de Barbosa.

Curvou-se, apoiou a mão no respaldo da cabeceira, aproximou a sua cabeça do peito do homem adormecido, escutou-lhe a respiração igual, hauriu-lhe o cheiro másculo do corpo, sentiu-lhe a tepidez da pele.

Quedou-se por muito tempo nesse ambiente entorpecedor. De súbito o braço com que se encostava falseou; ela caiu pesadamente sobre o leito.

Barbosa deu um estremeção, acordou sobressaltado, sentou-se, estendeu as mãos, encontrou-a, asiu-a, perguntou assustado:

– Quem é? Quem é?

A cútis morna, cetinosa da moça, macieza da cambraia que a envolvia em parte, o perfume de *Peau d'Espagne* que de seu corpo exalava, não lhe permitiam dúvidas; mas ele recusava a evidência dos sentidos, não podia crer. Achava absurda, monstruosa, impossível a presença de Lenita em seu quarto, àquela hora, naquela quase nudez.

E, contudo, era real, ali estava: ele sentia-lhe a carne quente, dura, palpava-lhe a pele híspida pelo desejo, escutava-lhe o estuar do sangue, e o pulsar do coração.

Um tropel de ideias desordenadas agitou-se-lhe, confundiu-se-lhe no cérebro excitado; o raciocínio ausentou-se, venceu o desejo, triunfou a sugestão da carne.

Sentou-se rápido à beira da cama sem largar a moça, puxou-a para si, cingiu-a ao peito, segurou-lhe a cabeça com a mão esquerda e, nervoso, brutal, colocou-lhe a boca na boca, achatou os seus bigodes ásperos de encontro aos lábios macios dela, bebeu-lhe a respiração. Lenita tomou-se de um sentimento inexplicável de terror, quis fugir, fez um esforço violento para desenlaçar-se, para soltar-se.

Era o medo do macho, esse terrível medo fisiológico que, nos pródromos do primeiro coito, assalta a toda mulher, a toda fêmea.

Baldado intento!

Retinham-na os braços robustos de Barbosa: em suas faces, em seus olhos, em sua nuca os beijos dele multiplicavam-se: esses beijos ardentes, faminto queimavam-lhe a epiderme, punham-lhe lava candente no sangue, flagelavam-lhe os nervos, torturava-lhe a carne.

Cada vez mais fora de si, mais atrevido, ele desceu à garganta, chegou aos seios túmidos, duros, arfantes. Osculou-os, beijou-os, a princípio respeitoso, amedrontado, como quem comete um sacrilégio; depois insolente, lascivo, bestial como um sátiro. Crescendo em exaltação, chupou-os, mordiscou-lhe os bicos arreitados.

– Deixe-me! Deixe-me! Assim não quero! – implorava, resistia Lenita, com voz quebrada, ofegante, esforçando-se por escapar, e presa, todavia, de uma necessidade invencível de se dar, de se abandonar.

De repente fraquejaram-lhe as pernas, os braços descaíram-lhe ao longo do corpo, a cabeça pendeu-lhe, e ela deixou de resistir, entregou-se frouxa, mole, passiva. Barbosa ergueu-a nos braços possantes, pô-la na cama, deitou junto dela, apertou-a, cobriu-lhe os seios macios com o peito vasto, colou-lhe os lábios nos lábios.

Ela deixava-o fazer, inconsciente, quase em delíquio, mal respondendo aos beijos frementes que a devoravam.

E corria o tempo.

Barbosa não podia prestar fé ao que se estava dando.

Descrente de mulheres, divorciado da sua, gasto, misantropo, ele abandonara o mundo, retirara-se seus livros, com seus instrumentos científicos, para um recanto selvagem, para uma fazenda do sertão. Abandonara a sociedade, mudara de hábitos, só conservara, como relíquias do passado, o asseio, o culto do corpo, o apuro despretensioso do vestir. Levava a vida a estudar, a meditar; ia chegando ao quietismo, à paz de espírito de que fala Plauto, e que só se encontra no convívio sincero, sempre o mesmo, dos livros, no convívio dos ausentes e dos mortos. E eis que a fatalidade das coisas lhe atira no meio do caminho uma mulher virgem, moça, bela, inteligente, ilustrada, nobre, rica. E essa mulher apaixona-se por ele, força-o também a amá-la, cativa-o, aniquila-o. Faz mais: contra a expectativa, tomando realidade o improvável, o absurdo, vem ao seu quarto, interrompe-lhe o sono, entrega-se-lhe... Ele a tem entre os seus braços, lânguida, mole, roída de desejos; aperta-a, beija-a... E... nada mais pode fazer!

Não que o detenham preconceitos, receio de consequências, não tem preconceitos, já não receia consequências. O que o detém é um esgotamento nervoso de momento, uma impossibilidade física inesperada.

Debalde procura na concentração da vontade o tom da fibra nervosa, o robustecimento do organismo...

Sente o ridículo da posição, desespera, tem as mãos frias, banha-se em suor, chega a chorar. Afastou-se de Lenita, dementado, louco, escalavrando o peito com as unhas.

– Não posso! Não posso! – exclamou, ululou desatinado.

Deu-se uma inversão de papéis: em vista dessa frieza súbita, desse esmorecimento de carícias, cuja causa não podia compreender, nem sequer suspeitar; no furor do erotismo que a desnaturava, que a convertia em bacante impudica, em fêmea corrida, Lenita agarrou-se a Barbosa, cingiu-o, enlaçou-o com os braços, com as pernas, como um polvo que aferra a preia; com a boca aberta, arquejante, úmida, procurou-lhe a boca; refinada instintivamente em sensualidade, mordeu-lhe os lábios, beijou-lhe a superfície polida dos dentes, sugou-lhe a língua...

E o prazer que ela sentia revelava-o na respiração açodada; no hálito curto, quente; era um prazer intenso, frenético, mas... sempre incompleto, falho.

Barbosa arquejante tinha ímpetos de levantar-se, de tomar uma pistola, de arrebentar o crânio.

Pouco a pouco operou-se uma reação.

Sentiu Barbosa que menos agitado lhe circulava o sangue, que um calor doce se lhe expandia pelos membros, que o desejo físico se despertava, dominante, imperativo.

Recobrou-se de vez da passageira fraqueza, achou-se forte, potente, varão.

Com o ímpeto irresistível do macho em cio, mais ainda, do homem que se quer desforrar de uma debilidade humilhosa, retomou o papel de atacante, estreitou a moça nos braços, afundou a cabeça na onda sedosa e perfumada de seus cabelos que se tinham soltado...

– Lenita!

– Barbosa!

E um beijo vitorioso recalcou para a garganta o grito dorido da virgem que deixara de o ser...

Depois foi um tempestuar infrene, temulento, de carícias ferozes, em que os corpos se conchegavam, se fundiam, se unificavam; em que a carne entrava pela carne; em que frêmito respondia a frêmito, beijo a beijo, dentada a dentada.

Desse marulhar orgânico escapavam-se pequenos gritos sufocados, ganidos de gozo, por entre os estos curtos das respirações cansadas, ofegantes.

Depois um longo suspiro seguido de um longo silêncio.

Depois a renovação, a recrudescência da luta, ardente, fogosa, bestial, insaciável. Pela frincha da janela esboçou-se um rastilho de luz tênue.

Era o dia que vinha chegando.

– Deixe-me! Deixe-me, Barbosa! É preciso ir, está amanhecendo, está clareando.

– Não, não! Ainda não! Aquilo não é o dia, é o luar.

– Vou! Deixe-me, deixe-me.

E, fazendo um esforço violento, Lenita escapou-se do leito e dos braços de Barbosa.

No desvão da porta entreaberta enquadrou-se, por um momento, a sua sombra indecisa. Desapareceu.

Barbosa ergueu-se, vestiu-se rapidamente, saiu, fechou a porta, tirou, guardou no bolso a chave.

Lenita do seu quarto ouviu-lhe, contou-lhe as passadas que ressoavam fortes.

A moça estava com febre; tinha a cabeça em fogo; sentia-se zonza, atordoada; via a todo momento discos luminosos, com um núcleo que se alargava, cambiando de cores, passando do verde-escuro ao vermelho-cobre; ardia-lhe a garganta, a boca estava peganhenta. No quarto deserto de Barbosa o rastilho de luz, coado pela frincha da janela, ia bater sobre a cama desarranjada: na alvura dos lençóis amarrotados punham notas muito vivas algumas manchas de sangue frescas, úmidas, rubras.

CAPÍTULO XV

Que lindo está o dia, exclamou o coronel, chegando à porta que dizia para o terreiro. – Um tempo firme, sim senhor! Jacinto!

– Sinhô! – acudiu um preto velho.

– Para onde foi a gente hoje?

– Foi a cortar arroz, sim, sinhô.

– Onde está Manduca?

– Sinhô moço mandou encilhar o rosilho, e foi para a banda da vila, sim sinhô.

O coronel respirou à larga o ar fresco, puro, da manhã resplendente. Dormira toda a noite, não tivera dores, estava bem-disposto. Queria expandir-se, queria conversar.

– Logo hoje que estou sequioso por uma prosa é que me foge o Manduca, é que se deixa ficar na cama a Lenita! Forte coisa! Vou fazer uma extravagância, vou dar uma volta pelo cafezal.

E mandou arrear uma égua velha, muito mansa, andadeira, uma rede, dizia ele. Saiu, foi visitar o cafezal, coisa que fazia raramente, uma ou outra vez por ano.

Quando voltou era quase meio-dia. Perguntou por Barbosa, não tinha vindo; por Lenita, ainda estava deitada. Veio com fome. Mandou pôr a mesa; enquanto esperava foi ao quarto de Lenita, bateu à porta.

– Que é isto? – perguntou. Temos macacoa?

– Macacoa, não; sono, respondeu a moça.

– Ainda estava dormindo?

– Acordei com o seu batido.

– Olhe, levante-se, venha-me fazer companhia. O Manduca não sei para onde foi. Eu ainda não almocei, e não quero almoçar sozinho.

– Já vou.

– Pois fico esperando; venha logo, que estou com o estômago a dar horas.

A cabo de meia hora Lenita apareceu. Estava pálida, macilenta: tinha as pálpebras vermelhas, os olhos batidos, grandes olheiras. Veio embrulhada em uma peliça.

De quando em quando estremecia com um calafrio. Sentou-se à mesa meio de lado, alquebrada, lânguida.

– Melhor cara traga o dia de amanhã! – gritou o coronel ao vê-la. Parece que passou a noite no cemitério. Que é que teve?

– Uma ligeira indisposição.

– Hum! Já eu estava vendo isso mesmo ontem à noite. Ai, moças, moças! Isso enquanto não casam... Que há de querer um mingauzinho de cará?

– Não, obrigada.

– Olhe estas ervas...

– Obrigada.

– Um pedaço de fiambre?

– Fiambre... quero, mas pouco, sim?

O coronel serviu-lhe uma naca larga, rósea, marmoreada de veios de gordura branca. Lenita polvilhou-a de sal moído, comeu com apetite.

– Está gostando de salgados, hein? Eu quando digo... Mais uma naquinha, sim?

Lenita aceitou, mandou buscar ginger-ale, bebeu um copo cheio.

Conversou com o coronel por cerca de duas horas.

Ao cair da tarde sentiu-se fraca, tomada de invencível soneira.

Recolheu-se, dormiu. Levantou-se ao escurecer. Quando ia saindo do quarto, deu com Barbosa que, de pé junto de um consolo, fingia examinar uma estatueta.

– Boa tarde, Lenita, disse ele com voz trêmula, tímido, desapontado.

A moça não respondeu: com um arranco nervoso tomou-lhe a cabeça entre as mãos, curvou-a, beijou-a sofregamente, esquisitamente, no alto, afundando, sumindo o rosto nos cabelos curtos, levemente crespos.

– Lenita – segredou Barbosa em voz sumida, tênue como sopro –, não vá mais ao meu quarto, é perigoso, podem vê-la, encontrá-la. Eu virei, é melhor.

– Aqui dorme a rapariga!

– Fácil é afastá-la sob qualquer pretexto. Deixe as portas cerradas. Foram para a sala de jantar.

O coronel já tinha feito acender o lampião; estava de pé, junto à mesa, lendo a correspondência que minutos antes tinha chegado da vila.

— Olhe, Lenita – disse –, aí estão os seus jornais, e também uma carta. Leia, leia logo a carta; é coisa que lhe interessa.

— Sim! Como sabe?

— A letra do sobrescrito é mesma desta que eu recebi. Leia.

— Que será? – interrogou-se a moça, rasgando o envoltório com gesto fatigado, aborrida. Desdobrou a folha de papel, leu sem manifestar sentimento algum, com absoluta indiferença. Depois passou-a aberta ao coronel.

— Ora! – exclamou, arrastando a voz, com fastio.

— Então? – perguntou o coronel.

— Leia, está aí.

— Pois não é do Dr. Mendes Maia?

— É.

— E que lhe diz você?

— Eu digo... digo... não digo coisa nenhuma.

— Já se deixa ver que quer cala...

— Nem sempre consente. O Dr. Mendes Maia perdeu o seu tempo, a sua retórica, o seu papel, a sua tinta e o seu selo. Eu não me caso com ele.

— É um pedido de casamento? – perguntou Barbosa, ansiado.

— Em forma.

— E quem é esse Dr. Mendes Maia?

— Esse Dr. Mendes Maia é um bacharel em direito, nortista; fez seu quatriênio, e está na corte, à espera de um juizado de direito aqui na província.

— E donde o conhece, D. Lenita?

— De Campinas. Estivemos juntos em um baile, no Club Semanal, há de haver três anos. Dançou comigo, fez-me a corte por duas horas, e agora pede-me em casamento.

— Meu pai também o conhece?

— Conheço: ele andou viajando por estas bandas com um primo que queria comprar sítio de café. Veio-me recomendado de São Paulo, e até pousou aqui, uma noite.

— Que espécie de homem é?

— É um bacharel em direito como a maioria dos bacharéis em direito. Parece-me boa pessoa. Homem, sou franco, para mim tem um defeito capital, é nortista. No mais, não há que dizer. Lenita, que hei de eu responder ao homem?

— Boa pergunta! Responda que eu não me quero casar, que agradeço muito a honra da proposta, e coisas e tal, uma tábua cortês.

— Não valerá a pena pensar um pouco antes de decidir a coisa assim de talho, sem remédio?

— Não há que pensar, não quero.

— Olhe que o rapaz, segundo me diz o meu velho amigo Cruz Chaves, nesta outra carta que recebi, tem todos os requisitos para um bom corte de noivo: é inteligente, honesto, morigerado, trabalhador, econômico, bom católico, e muitas coisas mais. Fez o seu quatriênio como promotor e juiz municipal, está à espera de um juizado de direito, como você mesmo disse, e há de obtê-lo, porque dá-se com o Cotegipe e é muito protegido pelo Mac Dowel. E tem seus cobres.

— O partido tenta, tenta, mas eu é que me não deixo prender.

— Olhe que isto não vai a matar, não é sangria desatada, pense primeiro, responda depois.

— Não há que pensar.

— Esta mocidade! Para que tomar decisões de afogadilho, quando há tempo para refletir, para pesar todos os prós e todos os contras?

— A resposta agora, ou daqui a um ano há de ser a mesma: não quero.

— Menina, ninguém deve dizer "deste pão não comerei".

— E nem tão pouco "desta água não beberei". Sabido, mas eu não quero mesmo.

— Bom, bom; não quer, não quer! Amanhã lá segue a recusa: que se aguente o Dr. Mendes Maia.

CAPÍTULO XVI

Lenita despedira a mucama, e ficara a dormir só no seu quarto. O coronel estranhou, não levou a bem tal resolução. Que era perigoso, que podia ficar doente, ter um ataque alta noite, sem que ninguém lhe acudisse.

Que não, respondeu Lenita, que estava perfeitamente boa, que não havia ataque a recear; e mais, que a rapariga ressonava forte, e que isso a impedia de dormir.

Por volta das onze horas vinha Barbosa, mansamente, pé ante pé, entrava na sala, fechava a porta por dentro, a chave.

As ferragens cuidadosamente azeitadas funcionavam veleiras, em atritos macios, suaves, sem o mínimo rangido.

A fechadura era das portuguesas antigas, de chapas furadas coincidentemente: para evitar que alguém pudesse espiar pelo buraco o que se passava na sala, espionagem aliás improvável, Barbosa pendurava na chave o seu chapéu.

Em liberdade absoluta, perfeita, não se contentava com o prazer material de possuir Lenita. Queria o pecado mental inteligente, os *mala mentis guadia* de que fala Virgílio; queria contemplar, comer com os olhos a plástica soberba do corpo da moça, ora em todo o esplendor da incandescente nudez, ora realçado pelos atavios, pelas extravagâncias da moda.

Despia-a, punha-a na posição de Vênus de Milo, arranjava-lhe os braços, como conjecturam os sábios terem estado os da estátua; enrolava-lhe um lençol de volta aos quadris, arrufava-lhe, em pregas suaves, em panejamentos artísticos.

Depois arrancava-lhe esse último vestuário, mudava-lhe a atitude: erguia-lhe o busto, avançava-lhe a arca do peito, fazia sobressair o relevo insolente dos seios erguidos e duros.

Por meio de um refletor poderoso focava, dirigia a luz branca de uma lâmpada belga, fazia cair sobre a moça uma toalha de reflexos suaves e vivos, cientificamente combinados.

Afastava-se, aproximava-se, tornava a afastar; mirava, estudava, gozava à Lenita, como Pigmaleão à Galateia, como Michelângelo ao Moisés.

Chegava um momento em que se não podia conter: com um grito rouco, áspero, sufocado, de bode em cio, atirava-se, ela atirava-se também, e ambos caíam sobre um sofá, sobre o assoalho, estreitando-se, mordendo-se, devorando-se.

Por vezes fazia com que Lenita se frisasse, se espartilhasse, se enflorasse, se enluvasse, com todo o capricho, com toda impertinência de uma leoa da moda, que se prepara para um baile do *high life*, para um sarau diplomático.

Ele ajudava-a, servia-lhe de camareiro, orgulhoso, radiante.

Todo aquele aparato do *mundus mulieris*, toda aquela expansão de garridice era para ele, para ele só, para mais ninguém.

E sentia o que quer que era do prazer exclusivista, egoístico, do rei Luís da Baviera, a assistir em um teatro vazio, como espectador solitário, único, a uma ópera de Wagner, majestosamente posta em cena, divinamente cantada por artistas de primor.

Adorava a maciez tépida, perfumosa, da pele nua de Lenita; mas, refinado em lubricidade, gostava de lhe premer as mãos quando calçadas de luvas de pelica ou *de peau de Suede*; gostava do contato quente dessas mãos, através das malhas das *mitaines* de retrós, gostava de lhe sentir a viveza do corpo por entre as asperidades brandas das rendas, por entre as flores relevadas do tule.

Em breve não lhe bastaram mais esses desbragamentos noturnos, de paredes adentro, clandestinos: quis moldura mais larga para os seus quadros vivos, quis palco mais espaçoso para suas encenações carnais, quis o amor ao ar livre, à luz do dia, em liberdade plena. A pretexto de caçar, ia com Lenita todos os dias, afundava-se na mata.

Enquanto na estrada, deixava-a seguir, ficava alguns passos atrás, para ver-lhe o remoinho agitado dos calcanhares na fímbria roçagante do vestido de fazenda mole.

Esse movimento de saias estuoso, contínuo, que ia em ondulações confundir-se com o bamboar das cadeiras, causava-lhe uma excitação estranha, particularíssima.

Quando na mata se lhe deparava uma grota profunda, uma barroca sombria, uma clareira afestoada de criciúmas, de taquaras, parava.

Junto de um velho tronco, ao pé do leque esmeraldino e ainda embaixo de uma palmeira nascente, bem sob a ação de um feixe de raios solares, colocava a moça despida, fazendo com gosto de artista, com perícia de devasso prático, que lhe destacasse a alvura da pele banhada de luz, no fundo verde da mata afogado na sombra.

Lenita prestava-se a tudo com docilidade de rainha complacente, de deusa satisfeita; deixava-se adorar, recebia contente o culto de latria dirigido a sua carne.

Barbosa mirava-a, remirava-a, voltando-lhe em torno; os círculos concêntricos que descrevia iam-se estreitando como os de um açor em volta da preia: chegava-se, ajoelhava-se; e, trêmulo, com a respiração açodada, beijava-lhe as unhas róseas e a pele branca dos pés, erguia o busto, alteava-se ousado, osculava-lhe as coxas roliças, pousava a cabeça de encontro ao ventre liso, aspirando, sorvendo, de olhos semicerrados, as emanações sãs, provocantes, da carne feminina irritada.

Uma vez no coração da mata acudiu-lhe à lembrança a *Aurora* de Michelângelo, que vira no túmulo dos Médicis. Uma anfractuosidade de terreno fora a ideia acidentalmente associada, que lhe avivara a memória.

Perto estava uma árvore velha coberta de musgo: colheu-o às braçadas, fez um montão, alcatifou, alfombrou com ele a acidentação do terreno que lhe recordara o mármore florentino.

Nervosamente, brutalmente, foi despindo a Lenita: não desabotoava, não desacolchetava; arrancava botões, arrebentava colchetes. Quando a viu nua, fê-la reclinar-se sobre o musgo, dobrou-lhe a perna esquerda, apoiou-lhe o pé em uma saliência de pedra, dobrou-lhe também o braço esquerdo, cuja mão, em abandono, foi tocar o ombro de leve, com a ponta dos dedos; estendeu-lhe o braço e a perna direita em linha suave e frouxa, a contrastar com a linha forte, angulosa, movimentada, do lado oposto.

Desceu um pouco, deitou-se de bruços e, arrastando-se como um estélio
....
.... Lenita desmaiou em um espasmo de gozo ....
....
....

Uma noite Barbosa não foi ao quarto de Lenita.

A moça passou em claro, ralada de cuidados. Pela madrugada ergueu-se e, sem se importar com a possibilidade de que alguém a visse, de que alguém a encontrasse, sem tomar precauções, foi ao quarto de Barbosa, empurrou a porta, entrou.

O pavio da vela, quase inteiramente gasta, afogava-se em um lago de estearina derretida, que se acumulara na açucena do castiçal: a chama vasquejava, bruxuleava, ora iluminando vivamente o quarto, ora desaparecendo, quase submergindo tudo em trevas.

Barbosa estirado de costas, na cama, com as mãos a comprimir as têmporas, gemia. Lenita debruçou-se.

– Que tem? Que é isto? – Perguntou-lhe.

– Não é nada, é a minha enxaqueca. Mas retire-se, olhe que a veem, vai amanhecer.

– Retirar-me, eu? Deixá-lo assim sofrendo, só? Não me conhece.

– Conheço, conheço muito bem. Eu não a repeliria, se me fosse preciso, se me fosse mesmo útil a sua presença. Mas nada me pode fazer. Isto não é moléstia, é incômodo; eu não estou enfermo, tenho dores.

– Quero ficar, eu não posso vê-lo padecer sem ao menos procurar aliviá-lo.

– Nada conseguiria senão me afligir e me agravar o sofrimento. Isto passa com o tempo, só com o tempo. Vá, peço-lhe, vá.

Lenita foi, muito contrariada.

Eram horríveis as enxaquecas de Barbosa.

Começavam por uma dor surda de cabeça. Pouco a pouco acentuava-se uma displicência inexplicável em tudo e para tudo; as forças abatiam-se, prostravam-se; o rosto ficava pálido, dilatava-se a pupila do olho direito.

Penoso qualquer movimento, impossível qualquer esforço: Barbosa tinha de procurar o leito forçosamente, fatalmente. Um suor gélido umedecia-lhe, banhava-lhe a fronte. Do lado direito a artéria temporal saltava tumefata, ingurgitada: o globo do olho contraía-se, minguava e, como se estivesse contundido, pisado, era sensível à mínima pressão. No alto da cabeça havia um ponto doloso, a sensação como de um prego que aí estivesse fincado. Cada pulsação, cada jato de sangue nas artérias era uma martelada que parecia fazer estalar o crânio e afundar mais o prego. O estômago enchia-se de bile. Uma fraqueza extrema, uma necessidade imperiosa de alimentos se fazia sentir; mas à simples ideia da ingestão de qualquer coisa, exacerbavam-se os sofrimentos todos. Na retina havia cintilações, moscas luminosas, subjetivas; o menor ruído, como avolumado por um microfone infernal, tornava-se em fracasso, em cataclismo de estrondo e dores no ouvido hiperextasiado. Não havia como concentrar a atenção, pensar. Se nesses momentos viessem dizer a Barbosa que um incêndio devorava os seus livros preciosos, que seu pai e sua mãe pereciam nas chamas, ele nada poderia fazer, nem sequer tentar um esforço: a vontade estava abolida.

E durava, ia sempre até à noite esse sofrer inenarrável, essa tortura de réprobo.

Amanheceu.

Logo que se abriam as portas, que começou a vida da fazenda, voltou Lenita para o quarto de Barbosa, sentou-se-lhe à cabeceira, inquirindo solícita do que havia a fazer, do que era possível aproveitar em casos tais.

Que nada, que nada mesmo havia de tentar, repetiu Barbosa impaciente; que aquilo era um estado nervoso especial, hiperestético, só passava com o tempo, que à noite havia de estar bom.

Lenita com o tato indizível, com o jeito especialíssimo que têm as mulheres para enfermeiras, arranjou-lhe as almofadas e a travesseirinha em uma posição que lhe deu alívio; foi ao armário, procurou entre mil frascos, achou um quase cheio de xarope de cloral, trouxe, fez-lhe tomar quase à força duas colheres de sopa, grandes, a transbordar.

Depois apalpou-lhe os pés, sentiu-os frios, mandou vir uma botija com água quente, envolveu-a em uma toalha, pôs-lhe sob eles, enrolou tudo em um cobertor, habilmente, quase sem incomodá-lo, como se não fizesse movimentos.

Os gemidos de Barbosa foram esmorecendo em um como queixume flébil, indistinto; cessaram, ele adormeceu.

Foi um sono longo, de duas horas pelo menos.

A moça não arredou pé um minuto: sentada à cabeceira, imóvel; em silêncio contemplava-o a dormir.

De repente ele acordou, sentou-se rápido, fez sinal, ordenou-lhe com gesto impaciente, irritado que se retirasse.

Lenita não obedeceu.

Barbosa, pálido, com as feições desfeitas, curvou-se, abriu desordenadamente, atabalhoadamente o criado-mudo, tirou o vaso, colocou-o junto de si sobre a cama. Ajoelhou-se.

Abdome, estômago, diafragma, esôfago, contraíram-se em uma náusea violenta: os zigomáticos distenderam-lhe a pele descorada e macilenta do rosto, e um jato de bile amarela e espumosa golfou no fundo do vaso, tingindo-lhe as paredes com os salpicos peganhentos.

Seguiu-se outro jato, e outro, e outro, vinha a bile, sem esforço não mais amarela, não mais espumosa, porém verde, líquida, linda até em sua pureza transparente.

Lenita, com dó profundo debuxado nas feições, sustentava-lhe a testa mádida.

Extenuado, Barbosa deixou-se cair pesadamente nos travesseiros, gemeu por um pouco, tornou a adormecer.

Lenita mandou retirar, lavar, trazer o vaso: depois retomou o seu posto junto do enfermo, velando-lhe com amor o sono sossegado.

Quando a chamaram para almoçar, foi em bicos de pés, sem fazer o mínimo rumor.

À narração circunstanciada do incômodo do filho, fez observar o coronel que lhe não dava aquilo cuidado, que o rapaz era atreito a enxaquecas desde a meninice, que até tinha melhorado com a idade, que os acessos iam ficando mais quarteados.

Lenita voltou para o quarto.

Ao virar do meio-dia, Barbosa acordou. Estava bom, completamente restabelecido, sentia fome, mandou vir comida.

CAPÍTULO XVII

Havia muito que tinha começado a nova moagem: ia ela já quase em meio, quando se deu um desastre. Um crioulinho deixou-se prender nos cilindros do engenho e teve um braço esmagado.

Ao ver a mísera criança segura, atraída pelo revolver lento, implacável, do mecanismo bruto, o pai dela, o negro moedor, tomou uma alavanca de aço que achou à mão, entalou entre os dentes dos rodetes.

Ouviu-se um grande estalo metálico, um tinir sonoro de ferros partidos, o engenho parou.

Salvou-se a vida do negrinho, mas as moendas inutilizaram-se; rodetes, pescoços, mancais, tudo ficou arrebentado.

Que fora uma caipora, que fora o diabo aquele desastre em meio da moagem, disse o coronel arreliado. Lá pelo crioulinho, não: era ingênuo, era 28 de setembro, ficasse aleijado, pouco prejuízo havia. Que o azar era a interrupção da moagem, quando ia tudo correndo tão bem, em um tempo como se não havia de ter outro. Que remendos no engenho não queria, que de longa data andava, com ideias de reformar tudo aquilo, e que ia reformar, embora levasse a casqueira a safra.

E ficou assentado que, no outro dia, Barbosa havia de seguir para o Ipanema, a entender-se com o Dr. Mursa, sobre planos e dimensões para a nova máquina que urgia ficasse pronta dentro de poucos dias.

Lenita, ao saber da viagem, teve um sobressalto, ficou pálida, quase desmaiou: lembrava-lhe o muito que sofrera com a ida de Barbosa a Santos, quando ele não era ainda seu amante, quando ela nem sabia sequer ao certo que o amava.

Como havia de ser então, que as coisas se achavam em pé diversíssimo? Uma tortura inenarrável, impossível, o inferno.

E não foi.

Lenita ajudou a Barbosa nos seus aspectos de viagem, sem sentir por forma alguma o que sentira da vez passada. As expansões lúbricas, desenfreadas, a que ele se entregou na despedida noturna, contrariaram-na, mortificaram-na, mesmo.

Admirava-se da transição brusca, repentina que se lhe operara no espírito: sentia-se fria, indiferente, aborrecida quase; achava-o a ele grosseiro, vulgar, impertinente, ridículo, chato.

Na hora da partida apertou-lhe a mão; viu-o montar a cavalo, dar de rédeas, seguir vagaroso em uma nuvem de pó que se levantava da estrada; distinguiu-lhe o gesto de adeus que lhe fez ele ao transpor o viso da colina, ao sumir-se-lhe da vista.

E não se entristeceu; em torno de si não sentiu vácuo algum: achou-se até mais à vontade por ficar só, em companhia de si própria, senhora de pensar, de agir em liberdade, sem sugestão.

Todavia era-lhe grata à vaidade a ideia de que Barbosa ia cogitar ininterrompidamente nela, só nela; de que levava a sua imagem estereotipada, viva, na memória; de que todo o pensamento, todo o ato dele a ela se reportava, tinha-a por objetivo.

E, analista sutil, não se enganava sobre os seus próprios sentimentos: no prazer que tinha com a sujeição de Barbosa, descobria mais a satisfação do orgulho lisonjeado do que o contentamento do amor correspondido.

Foi ao quarto de Barbosa, começou a pôr em ordem as coisas dispersas, os livros e jornais que atravancavam a mesa, o mármore do criado, as cadeiras.

Ninguém em casa, nem mesmo o coronel, estranhava mais esses cuidados: a amizade estreita a intimidade que reinava entre ela e Barbosa justificavam-na; todos achavam muito natural o papel de ecônoma que ela a si chamara.

Nas senzalas, porém, o viver excêntrico e liberdoso que ela levava com Barbosa já começava a servir de pábulo à maledicência característica da raça negra: os pretos e principalmente as pretas murmuravam, comentavam as caçadas improdutivas, sublinhavam ditos, aventavam torpitudes.

Ao puxar uma gaveta da mesa de Barbosa, para recolher as miudezas que achara dispersas, Lenita deu com uma caixinha oblonga de tartaruga, incrustada de metal e madrepérola.

Abriu-se por abrir, sem curiosidade. Encontrou dentro quatro papéis dobrados, uma medalha muito oxidada de Nossa Senhora da Aparecida, flores secas e várias bolinhas de lã branca, desfiada.

Fez-lhe espécie aquilo: que diabo poderia ser? Barbosa não era religioso, a medalha não tinha explicação como coisa dele. E as bolinhas de lã? Com certeza tinham caído de uma manta de malha, de uma saída de baile, em que se envolvera, em que se agasalhara uma mulher, para procurá-lo a ele na sua casa, no seu quarto, no seu leito. E as flores secas? E os papéis? Ah! Os papéis... Os papéis continham de certo a chave do enigma davam a solução de tudo aquilo.

Desdobrou o primeiro, encontrou um anel de cabelos castanhos, quase pretos, cetinosos, muito finos.

Desdobrou o segundo, era um bilhetinho em poucas linhas: a letra bonita, fina, redonda, de mulher. Dizia:

"Espero-o sábado sem falta; se não vier zango-me. Não o esqueço um só momento. Adeus."Lenita empalideceu, mordeu os beiços e, trêmula, com os olhos a despedir chispas, abriu o terceiro papel, uma folha grande, larga, de almaço Fiume. Estava escrita pela letra de Barbosa, um cursivo feio, muito legível. Era evidentemente uma série de impressões lançadas no papel *sur place*, no momento mesmo em que se tinham produzido, inconexas, cortadas de reticências. Lenita leu:

"O trem ia partir.

Ela estava na plataforma da Estação da Luz, com o marido, em bota-fora de não sei quem.

Olhou-me, eu a olhei; ela baixou os olhos, uns grandes olhos verdes; corou. O braço esquerdo estava passado no do marido enfastiadamente, aborrecidamente; o direito, em abandono, pendia-lhe ao longo do corpo, fome, musculoso, muito branco. A mão estava sem luva, era pequenina, bem-feita, tinha no anelar uma marquesa de muito brilho. Levantou os olhos, encarou-me, tornou a baixá-los, avançou o pé direito, um pezinho adorável, bateu com ele freneticamente, como se estivesse muito contrariada. O marido disse-lhe o que quer que foi em alemão, ela respondeu-lhe na mesma língua. Saíram, eu segui-os. Tomaram o bonde que vinha de Santa Cecília .... Olhos verdes ....
.... amor ....
....venusta...............

Tornei a vê-la.

Era no Grande Hotel: ela estava jantando, à mesa do centro. Dava-me as costas. Recostava-se na cadeira, pendendo o corpo para a esquerda; a perna direita, passada por sobre a esquerda, agitava-se com um movimento sacudido, nervoso; o pé muito pequeno, estreitado em uma meia de seda carmesim, recurvando-se, descalçava em parte o sapatinho Clark, mostrava o calcanhar redondo, diminuto, delicioso. O pé esquerdo assentado firme no chão. O vestido rodeava, cobria parte da poltrona em fartos panejamentos, e por sob ele entrevia-se uma orla de saia muito branca. A aragem que entrava pelas janelas altas agitava-lhe os crespinhos dourados da nuca. Levantou-se, rodando para a esquerda, com o busto curvado, em um movimento gracioso, que pôs em relevo a exuberância dos seios a avultarem reprimidos no corpete retesado, em contraste provocador com a exiguidade da cintura."

O quarto papel, amarelo, puído nas dobras, continha uma poesia escrita também por letra de Barbosa.

Lenita leu:

"M.L.
Não sei se és feia ou bonita,
Segundo as regras da arte;
Sei, sim, que gosto de ver-te,
Que gosto até de estudar-te.

Nas faces sedosas tuas
Não brilha o rubor das rosas,
Retinge-as a palidez
Das compleições biliosas.

Estranhas cintilações
Mordentes, frias, geladas
Tens nos olhos baços, vítreos,
Azuis, da cor das espadas.

Teu lábio, sempre agitado
De leve tremor nervoso
Parece ressumar sangue
Com sede infrene de gozo.

Contorce-te as mãos pequenas
Espasmo fabricitante
Tem não sei quê de felino
Teu breve corpo ondulante...

Queres então que eu te diga
Meu sentir quando te vejo?
Amor não te tenho não;
Porém morde-me o desejo."

A moça teve um deslumbramento: em seu espírito, subitamente iluminado, fez-se vácuo enorme, desmoronou-se fragorosa a mole das ilusões.

Pensava – Barbosa era casado na Europa, ela o tinha conhecido como tal, não podia exigir-lhe conta dos afetos que ele voltara em tempo à esposa, das recordações que dela porventura conservasse.

Mas ali não se tratava da esposa, tratava-se de três mulheres pelo menos – a dos cabelos que, escuros, tinham naturalmente por correlativo olhos pretos ou castanhos; a do fragmento em prosa, de olhos verdes; a da borracheira poética, de olhos azuis, cor de aço.

E quem sabe se não seriam seis ou mesmo sete: o bilhete podia ser de uma outra; a medalha azinhavrada, de uma outra; as flores secas, de uma outra, as bolinhas de lã branca, de uma outra ainda.

E que eram aquelas bolinhas de lã branca senão lembranças, troféus amorosos, colhidos de certo em cama desfeita, sobre lençóis ainda quentes, após uma noite de delírios eróticos?

Aquele homem era um devasso; um Dom João de pacotilha, e ela, Lenita, não passava de uma das suas muitas amantes.

Quem lhe dizia a ela que uma dádiva sua, que uma *épave* qualquer que lhe tivesse pertencido, não iria aumentar aquela ignominiosa coleção?

Em que dera seu orgulho, o alto conceito que ela formava do seu sexo, que ela formava de si própria!

Amante de um devasso, barregã de um homem velho, casado, que guardava troféus das conquistas... Bonito! Esplêndido!

Estava castigada e achava justo o castigo.

Tinha ido pedir à ciência superioridade sobre as outras mulheres; e na árvore da ciência encontrara um verme que a poluíra.

Quisera voar de surto, remontar-se às nuvens, mas a carne a prendera à terra, e ela tombara, submetera-se; tombara como a negra boçal do capão, submetera-se como a vaca mansa da campina. Revoltada contra a metafísica social, pusera-se fora da lei da sociedade, e a consciência castigava-a, dando-lhe testemunho de quanto ela descera abaixo do nível comum da mesma sociedade.

É loucura quebrar de chofre o que é produto de uma evolução de milhares de séculos. A sociedade tem razão: ela assenta sobre a família, e a família assenta sobre o casamento. Amor que não tenda a santificar-se pela constituição da família, pelo casamento legal, aceito, reconhecido, honrado, não é amor, é bruteza animal, desregramento de sentidos. Não, ela não amara a Barbosa, aquilo não tinha sido amor. Procurara-o, entregara-se a ele por um desarranjo orgânico, por um desequilíbrio de funções, por uma nevrose. Como a Fedra da fábula, como as bíblicas filhas de Jó, como a histórica mulher de Cláudio, ela caíra sob o látego da carne e, empurrada por um devasso ilustríssimo, resvalara ao fundo do pego, à última estratificação da vasa. Não, ela não amara, ela não amava a Barbosa. O que por ele sentira fora uma atração paulatina, gradual, viciosa, mórbida. A primeira impressão que recebera, ao vê-lo, não tinha sido boa; e as primeiras impressões é que fazem fé, porque são as que se produzem instintivamente no espírito desprevenido. Nesse momento em que ficava conhecendo a Barbosa como Barbosa realmente era, é que ela podia avaliar o báratro em que se despenhara. Pomba inocente, procurara por seu pé o açor, metera-se-lhe nas garras, e ele a conspurcara, não somente lhe arrancando a virgindade, mas debochando-a em práticas infames para despertarem os sentidos embotados...

Meteu tudo às pressas, desordenadamente, na caixinha, atirou a caixinha para a gaveta, empurrou com violência a gaveta, saiu, foi para seu quarto, entrou, fechou-se por dentro, atirou-se na cama; desatou em pranto.

De repente ergueu-se.

Que era aquilo? – perguntou-se a si própria. Pois ela era mulher para chorar, para carpir-se, como qualquer criadinha de servir, violentada pelo filho da patroa? Não! Caíra, mas caíra vencida por si, só por si, por seu organismo, por seus nervos. O homem não entrava em linha de conta, não passava de mero instrumento: fora Barbosa; poderia ter sido o administrador, poderia ter sido o velho coronel. Enquanto quisera, gozara; estava saciada...

Uma ideia terrível atravessou-lhe o cérebro.

De pouco tempo, de um mês a essa parte, sentia-se modificar de modo estranho, moralmente, fisicamente: tornara-se irritadiça, tinha impaciências febris. Uma nuga, um nada a punha fora de si. Mal se alimentava: à simples vista da mesa posta, vinham-lhe engulhos, chegava mesmo a vomitar. Aberrara-se-lhe o apetite, desejava coisas extravagantes. Uma tarde vira um cacho de caraguatá à beira de um valo: quisera por força comer, comera, queimara a boca com o sumo cáustico da fruta da bromeliácea.

Com pasmo grande, sem poder dar a razão por que, via que Barbosa já lhe não inspirava admiração. As tiradas, as dissertações científicas, aliás corretas, que lhe fazia enfastiavam-na: ela achava-o desajeitado, vulgar, pretensioso; ganhava-lhe aversão; cria até perceber-lhe no corpo e na roupa um cheiro esquisito, enjoativo, o que quer que era como catinga de rato. Repugnavam-lhe as carícias dele e, para chegar bem à verdade, elas incomodavam-na, de fato, topicamente.

Acudiu-lhe o dizer de Rabelais – «*Les bêtes sur-leurs ventrées n'endurent jamais te malê masculant*».

Estaria grávida?

Correu à cômoda, puxou uma gaveta, tirou um calendariozinho de algibeira, percorreu os meses, virando as folhas com rapidez: estavam a 20 de agosto, e o último dia marcado com uma cruzinha vermelha era o dia de São Pedro, 29 de junho. Mediava um espaço de cinquenta e dois dias...

Desabotoou o corpinho, desceu o cabeção da camisa, fez sair o seio esquerdo, globuloso, duro: baixou a cabeça para vê-lo, estendendo o beiço inferior. O auréolo, outrora róseo, imperceptível, acentuava-se retrato, pardacento, constelado de papilas ouriçadas. Não havia dúvidas, estava grávida.

Sentiu ou julgou sentir que uma coisa qualquer se lhe agitava, se lhe enovelava dentro do útero. No mesmo instante apoderou-se dela um afeto imenso, indizível, por esse quer que fosse, que assim ensaiava os primeiros movimentos na antessala da vida. Era o desencadear de uma tempestade, de uma inundação nevrótica, que a invadia, que a alagavam como as águas de um açude roto invadem e alagam a planície. No amor enorme de que se via repassada, Lenita reconheceu o sentimento tão ridiculamente guindado ao sublime pelo romantismo piegas, e todavia tão egoístico, tão humano, tão animal – a maternidade.

– Que iria fazer? – perguntou-se a si mesma e, sem hesitar, respondeu-se – levar a bom termo a gestação, parir, criar, educar o filho, ver-se nele, ser mãe.

Dois dias se passaram sem que Lenita saísse do quarto, senão para ir a uma ou outra refeição.

Ao almoço do terceiro dia, uma quinta-feira, disse ao coronel que no domingo tencionava seguir para a vila, de lá para a cidade, e da cidade para São Paulo; que seus tarecos estavam arranjados, suas malas feitas; que precisava do carroção para conduzi-los, do *trolley* para conduzi-la a ela; que, saindo bem cedo, chegaria a tempo, teria ainda de esperar pelo trem, talvez uma hora.

– Que nova loucura era aquela? – perguntou o coronel. Que ia Lenita fazer a São Paulo, assim de repente, sem que nem para quê?

À insistência de Lenita, que a nada se demoveu, fez ele sentir que ao menos era preciso esperar ela vir Barbosa do Ipanema para levá-la; que, só, ela não podia, não devia ir; que ele, coronel, ameaçado e até já principiando a sofrer de um insulto de reumatismo, achava-se incapaz de uma vez para cumprir o dever de acompanhá-la.

– Que iria muito bem só com o moleque até à vila, volveu Lenita inabalável; que na estrada de ferro não se fazia mister companhia; que lhe era impossível deixar de ir.

As súplicas da entrevada, as instâncias e amuos do coronel, de nada aproveitaram.

O carroção com a bagagem partiu no sábado de tarde e, no domingo cedo, Lenita de guarda-pó e chapéu de abas largas, abraçou, chorando a velha; abraçou o coronel que soluçava como uma criança, subiu para o *trolley*, seguiu.

– Rapariga, gritou-lhe de longe o coronel, limpando os olhos, engasgado, você tem má cabeça, mas seu coração é bom, e eu quero-lhe bem deveras. Em toda e qualquer emergência lembre-se de que eu e seu avô fomos como irmãos, de que eu tive sempre a seu pai na conta de filho. Para tudo, mas mesmo para tudo, aqui fica o velho.

E acrescentou consigo:

– Nalguma coisa haviam mesmo de dar as físicas e as botânicas e as caçadas: foi nisto. Antes nunca esta rapariga se lembrasse de ter vindo aqui para a fazenda, ou antes Manduca lá se tivesse deixado ficar pelo Paranapanema. Agora é pegar-lhe com um trapo quente.

CAPÍTULO XVIII

Seis dias depois da partida de Lenita chegou Barbosa. De nada sabia ele: o coronel não lhe tinha escrito.

Desde que transpusera a crista do morro, vinha alongando os olhares, à espera, a todo o momento, de divulgar o vulto da moça uma janela no terreiro, em qualquer parte. Antegozava o prazer de vê-la estremecer do júbilo ao enxergá-lo, de vê-la correr-lhe ao encontro pálida, trêmula, convulsionada pela emoção.

Lembrava-se da noite, e tinha calafrios; afastava, expediu da mente a lembrança do gozo, para também esquecer que lhe era preciso esperar tantas horas.

E às janelas ninguém assomava. No pardo sujo do terreiro esburgado, agitavam-se, passavam rápidas de uma para outra parte manchas azuis e encarnadas: era um lote de crioulinhos a correr, a bancar, vestidos de camisolas do baeta. Mais nada.

— Melhor, disse Barbosa consigo, vou surpreendê-la na varanda, em prosa com o velho. Desceu, chegou à porteira.

A crioulada reuniu-se em um magote e, alçando as mãos e tripudiando, começou de gritar uma melopeia cadente, afinada:

— Aí vem nhonhô! Aí vem!

— Cala o bico, canalha! Barbosa, cruzando nos lábios índice da mão direita. A crioulada afeita a obedecer, emudeceu.

Ele apeou-se, descalçou as esporas, atravessou o terreiro, entrou em casa, foi andando na ponta dos pés até à varanda. Estava deserta.

Dirigiu-se ao quarto do pai. Encontrou o coronel deitado, a gemer com o reumatismo. *Na chaise-longhe d*o costume cabeceava a velha entrevada.

— Como vai, meu pai? Como está, minha mãe?

E beijou a mão de um e a testa de outra.

– Na forma do louvável...respondeu o coronel, sofrendo sempre... ai!... Este maldito reumatismo não larga... Como foi você de viagem?

– Muito bem.

– O engenho?

– Vem aí, chega amanhã a estação.

– Assim, pois, é preciso que sigam os carroções a esperá-lo, hoje mesmo?

– Basta que sigam amanhã.

– E veio coisa boa?

– Ótima. Algumas peças foram fundidas especialmente; fizeram-se os moldes sob meu risco.

– Muito bem, e quanto custou?

– Ficou barato; não anda em mais de três contos.

– Ai!... Você já jantou?

– Não, senhor.

O coronel sentou-se com esforço, tirou de sob o travesseiro uma chavinha, levou-a aos lábios, arrancou um assobio estridente, prolongado.

– Sinhô, gritou de dentro uma escrava, que logo assomou à porta do quarto.

– Nhonhô está aqui, e ainda não jantou.

– Sim sinhô, meu sinhô.

E, voltando-se rápida, desapareceu.

Barbosa não quis perguntar por Lenita. Ela estava de certo no quarto. Ele lá iria ter com ela. Pediu licença ao pai para sair: que se não demoraria, disse: que voltaria logo, para conversarem.

Chegou à sala de Lenita e sentiu um grande aperto do coração ao ver os consolos despidos, sem um bronze, sem uma estatueta, sem uma jarra de Sèvres, sem um defumador de Satzuma.

Foi à porta do quarto de dormir, empurrou-a, estava fechada a chave; foi ao outro quarto, vazio. Empalideceu-se, encostou-se à ombreira da porta para não cair. Que era aquilo? – perguntou-se. Para onde tinha ido a moça?

Voltou aos aposentos do pai.

– Meu pai, onde está D. Lenita?

– Se realizou o que tinha na intenção, está em São Paulo, em casa de um parente, do Fernandes Faria, ou qualquer hotel. Aquilo é uma doidinha.

– Pois D. Lenita foi para São Paulo?! – exclamou Barbosa, como que recusando a evidência, como que fugindo à brutalidade do fato.

– Se foi! Você a conhece pelo menos tão bem como eu: e desencabritando, desencabrita mesmo: não há pegar-lhe.

Barbosa deixou-se cair em uma cadeira.

Não estava pálido, não estava lívido: estava uma e outra coisa: tinha manchas cor de chumbo no rosto cor de terra.

Em suas feições havia alguma coisa da expressão que deve ter uma máscara de bronze, que, caída em uma fogueira, começa a entrar em fusão.

Conservou-se sentado por muito tempo, mal respondendo às perguntas do pai.

Chamaram-no para jantar; foi, sentou-se à mesa, cruzou os braços sobre ela, afundou a cabeça no ângulo formado pelo braço esquerdo, deixou-se ficar, quedo, imóvel.

Refletia.

Lenita ali não estava, não estava na sala, não estava no quarto, não estava no terreiro, não estava no pomar, não estava na fazenda. Ele a não veria mais, não lhe ouviria mais a voz suave, não lhe beijaria mais os lábios corados, não lhe beberia mais a frescura do hálito... Só... só... estava só!

Ela o provocara, ela se lhe oferecera, ela o procurara, ela se lhe entregara, ela se prestara a todos os seus caprichos, mansa, dócil, submissa, para depois assim abandoná-lo, a sós com as lembranças, entregue à tortura da saudade!

Não, não era possível: Lenita ali estava, do outro lado da mesa; não se fora...

Ergueu a cabeça, abriu os olhos esgazeados e só viu diante de si a crioulinha servente, que abanava moscas, movendo preguiçosa e mole, para a direita e para a esquerda, um ramo de alecrim bravo.

Barbosa deixou cair de novo a cabeça, continuou no cismar doloroso, como quem se praz a revolver em uma ferida o ferro que a produziu.

Louco que fora!

Tinha tido dezenas de amantes, tinha sido, era ainda casado, conhecia a fundo a natureza, a organização caprichosa, nevrótica, inconstante, ilógica, falha, absurda, da fêmea da espécie humana; conhecia a mulher, conhecia-lhe o útero, conhecia-lhe a carne, conhecia-lhe o cérebro fraco, escravizado pela carne, dominado pelo útero; e, estolidamente, estupidamente, como um fedelho sem experiência, fora se deixar prender nos laços de uma paixão por mulher!

O tempo ia passando: o jantar arrefecera.

Barbosa levantou-se.

– Nhonhô não janta? – perguntou triste a preta cozinheira que o observava da porta do corredor.

– Não, Rita, estou sem vontade, estou doente.

Saiu, chegou à porta do terreiro, circunspecionou os arredores.

Parecia-lhe morta a natureza: a paisagem figurava-se-lhe um cadáver, vasto, enorme.

Do diafragma subia-lhe para o coração um aperto constante, ininterrompido, doloroso, que lhe tolhia o fôlego, que o sufocava.

Queria chorar; o pranto, julgava, far-lhe-ia bem, seria um desabafo: impossível. Um ardor seco, febril, queimava-lhe os olhos.

No imóvel do arvoredo secular, na calma impassível das encostas amareladas, havia, ele pelo menos sentia, o que quer que era de hostil: essa indiferença majestosa irritava-o, era como um escárnio à angústia em que se estorcia seu espírito.

E tudo lhe fazia lembrar Lenita; na antessala, a cuja porta estava, a vira ele pela vez primeira por entre as torturas de uma enxaqueca; no pomar, de que avistava um ângulo, com ela tivera a primeira entrevista; no pasto, que se lhe estendia entre os olhos, quantas vezes não tinham passeado juntos; a mata fronteira, as caçadas, os pássaros, a cutia, os porcos, a cascavel... ah! A cascavel! Por que não sucumbira Lenita ao veneno da cobra? Por que a fizera ele viver?! Morta naquele tempo, ela seria apenas uma saudade doce, e não a lembrança voraz que o havia de matar.

Anoiteceu.

A escuridade, o silêncio, reprodução cruel da escuridade e do silêncio das noites de outrora, das noites de amor, que não mais voltariam acenderam-lhe, exacerbaram-lhe o pungir do sofrimento, o rolar da soledade. Lembrou-lhe o suicídio.

– Ainda não, disse: esperemos.

Entrou para o seu quarto, deitou-se, fez uma injeção de morfina, dormiu.

No dia em que era esperado chegou o maquinismo.

Barbosa desenvolveu uma atividade febril.

Desengradou-o, armou-o, ele próprio. Multiplicou-se, dividiu-se: fez-se carpinteiro, pedreiro, serralheiro, maquinista.

Queria esquecer de dia, hipnotizava-se com trabalho, de noite, com morfina. Pronto o engenho, a moagem continuou.

Barbosa tomou-a a si, dirigiu o serviço. O açúcar da fazenda criou fama.

– Eta! Rapazinho destorcido! – dizia o coronel, é pau para toda a obra! Quem havia de dizer que ele entende mais de fabricação do que eu que lido com cana desde que me conheço por gente? Quem estuda sabe mesmo.

Mas... eu não ando contente com ele: estes modos que ele agora tem não são naturais, ele não os tinha. Aquela Lenita...

Em um dos dias da primeira quinzena de outubro, o moleque trouxe da vila, na correspondência, duas cartas sobrescritas por uma letra redonda, fina, bonita letra, letra de mulher.

Era de Lenita.

Barbosa a conheceu imediatamente.

Uma lhe era endereçada, outra ao coronel.

Barbosa tomou a sua, abriu-a e, pálido, muito pálido, com um ligeiro tremor a agitar-lhe as mãos, começou a leitura.

Dizia:

"São Paulo, 5 de outubro de 1887.
Ao Sr. Manuel Barbosa envio muito saudar. Mestre.

Ao chegar à fazenda, surpreendeu-se de cerro com a minha partida um tanto brusca.

Procurou-lhe explicação, não achou: nem eu. Lembro-lhe o que diz Spinoza: "A nossa ilusão do livre-arbítrio vem de ignorarmos nós os motivos que nos dirigem". No caso desta minha partida, eu poderia bem crer que tinha livre-arbítrio. Demais sou mulher, sou *fantasque*. Quem vai discutir, explicar caprichos de mulher? Vale infinitamente mais *non ragionar di lor*, guardar, passar.

Qual tem sido a minha vida desde que vim da fazenda? Nem eu mesma sei.

Estudar, não tenho estudado; fui sábia, fui preciosa tanto tempo, que achei de justiça dar-me o luxo de ser ignorante, de ser mulher um poucochinho.

Mas, qual! Ninguém é sábio impunemente. A ciência é uma túnica de Dejanira: uma vez vestida, gruda-se à pele, não sai mais. Quando se tenta arrancar, deixa pedaços de forro, que é o pedantismo.

E a prova é estar-lhe eu escrevendo, por não poder resistir ao prurido de comunicar as minhas impressões, de conversar um bocadinho com quem me entenda.

Que saudades não tenho eu às vezes das nossas palestras, das nossas lições, nas quais tanto se dissipava a treva da minha ignorância à luz do seu profundo saber.

O passado, passado: fomos como dois astros vagabundos que se encontraram em um recanto do espaço, que caminharam juntos, enquanto foram paralelas as suas órbitas, e que ora estão separados, seguindo cada qual o seu destino.

Vamos ao que serve.

São Paulo é hoje uma grande cidade, dou-lhe, sem receio de erro, sessenta mil habitantes.

Dia a dia, para noite, para Sul, para Leste, para Oeste, está crescendo, está-se alastrando, é o que mais é, está-se aformoseando.

Os horríveis casebres dos fins do século passado e dos princípios deste vão sendo demolidos para dar lugar a habitações higiênicas, confortáveis, modernas. Os palacetes do período de transição, à fazendeira, à cosmopolita, sem arte, sem gosto, chatos, pesados, mas solidamente construídos, constituem um defeito grave que não mais desaparecerá. Obras, porém, há feitas, nestes últimos cinco anos, pelo arquiteto Ramos de Azevedo, pelo italiano Pucci e por outros estrangeiros, que são realmente primores de arte. Gosto imenso da Tesouraria da Fazenda que está construindo Ramos de Azevedo: é um edifício que honra São Paulo pela severidade e elegância do estilo, pela robustez que ostenta desde os profundíssimos alicerces até o levantado coruchéu. Aquela mole enorme forma um todo compacto, homogêneo, sem o mínimo defeito, sem uma trinca sequer de *tassement*. Quem viu o que ali estava... cruzes!!! Para se avaliar o que era basta que se veja o atual Palácio do Governo, da mesma procedência. Os manes do Sr. Florêncio de Abreu podem se limpar as mãos à parede dos Campos Elíseos, se é que os Campos Elíseos têm parede. Desmanchar a velha, a maciça, a histórica, a legendária construção dos jesuítas, para estender por ali fora aquele pardieiro medonho. Não sei por que não mandou botar abaixo também a capela... O Senhor de Parnaíba desvendou os mistérios da cripta dos padres de Loyola, rasgando uma porta no andar da torre dessa capela. À esquerda de quem entra, veem-se distintamente seis covas sepulcrais, seis catacumbas, superpostas, em duas ordens, de três cada uma, praticadas na grossura enorme da parede. Entraram já cadáveres os que ali jazem, ou foram emparedados vivos, segundo a lei terrível do código secreto da companhia? Ao governo, ao bispo diocesano, incumbe, corre o dever de mandar abrir aqueles jazigos, onde talvez se encontrem documentos importantes para a história da província.

O Chá, lembra-se bem, era mato quando eu estive com meu pai em São Paulo, pela primeira vez: hoje é um bairro populoso, constituído por um vasto enxadrezamento de ruas direitas e largas, arejadas e mordidas de luz.

Há na cidade vários calçamentos a paralelepípedos. O antigo, famoso largo de São Francisco está que é um brinco.

A academia foi reformada.

Talvez eu não tenha razão; mas o caso é que eu a preferia exteriormente como ela era outrora. Tinha pelo menos o mérito de representar o gosto arquitetônico dos religiosos que dirigiram a colonização do Brasil. Hoje não representa coisa nenhuma, tem uma aparência limpa, mas desgraciosa e até caturra.

No alastrar da cidade, bairros unem-se, vão desaparecendo as soluções de continuidade predial: a Luz já pega com o Brás pela rua de São Caetano.

O comércio tem-se desenvolvido de modo assombroso, e a indústria segue-o de perto.

Há em São Paulo fábricas de móveis, de chapéus, de chitas, de bordados, de luvas, que rivalizam com as do Rio, e que estabelecem concorrência séria aos produtos europeus.

Nas ruas de São Bento e da Imperatriz é enorme o acervo de lojas, e de armazéns, de casas bancárias, de estabelecimentos de todo o gênero.

As vitrines das casas de joias entram em compita de riqueza e gosto: aqui a relojoaria suíça, delicada, elegantíssima, ostenta os seus primores, os seus inexcedíveis "Patek Philippe", a par dos artefatos sólidos da relojoaria americana, dos "Waltham" feitos à máquina, grossos, esparramados, angulosos, profusa e desgraciosissimamente ornamentados. Ali a prata do Porto, aereamente, maravilhosamente filigranada, casa sua alvura mate aos reflexos fulvos da ourivesaria francesa, às cintilações mágicas dos brilhantes puríssimos do Brasil, dos diamantes coloridos do Cabo, dos rubis, das safiras, dos topázios, das ametistas, das opalas irisadas. A luz brinca nos lavores dos metais e nas facetas das pedrarias em um tal deboche de magnificência, que faz lembrar os contos de fadas, a caverna de Aladim.

Entrei ontem em uma casa de modas, a Mascote.

Atraíram-me a atenção bronzes de Barbedienne, expostos em uma vitrine interior.

Alguns eram reproduções dos que eu possuo, o hoplitódromo conhecido por gladiador Borghése, a *Vênus de Milo*, a *Vênus de Salona*: outros eu ainda não conhecia, o *Menino da Cesta*, por Barrias; a *Bacante do Cacho*, por Clodion.

Que bronze adorável este; que verdade nos panejamentos! Que morbidez suave de postura! No rosto o metal parece ter o emaciamento, a transparência fosca da pele viva. Os olhos como se cerram em um êxtase de volúpia...

Encomenda de Júlio Ribeiro, um gramático que se pode parecer com tudo menos um gramático: não usa simonte, nem lenço de Alcobaça, nem *pince-nez*, nem sequer cartola. Gosta de porcelanas, de marfins, de bronzes artísticos, de moedas antigas. Tem, ao que me dizem, uma qualidade adorável, um verdadeiro título de benemerência – nunca fala, nunca disserta sobre coisas de gramático.

Veio receber-me um dos proprietários da loja, rapaz afável, parisiense nos modos, flor na botoeira do paletó, sorriso engatilhado.

Fiz alguns pedidos: tomou nota deles, para mandar-nos a casa, o outro sócio, irmão creio, do primeiro; moço grave, sério, de fisionomia leal, sempre ao bureau, sempre a escrever, tipo acabado do português antigo, trabalhador, honesto, pontual, pé de boi.

Em frente – a Casa Garraux, vasta Babel, livraria em nome, mas verdadeiramente bazar de luxo, onde se encontra tudo, desde o livro raro até a pasta de aço feita, passando pelo *Cliquot* legítimo e pelos cofres a prova de fogo.

Lá fui ver a exposição permanente.

Mal tinha eu entrado, entrou também um grupo de homens, três ou quatro, se bem me lembro.

Era um sujeito corpulento, coroado, limpo, no descambar da

idade viril, ou melhor, no verdor da velhice. O bigode farto, betado aqui e ali por um fio de prata, e as longas costeletas acentuavam-se com nitidez no rosto fresco, caprichosamente escanhoado. O cabelo dividia-se em pastinhas despretensiosas no alto da testa vasta, ligeiramente redonda. Colarinho de pontas quebradas, gravata branca de nó, colete fechado até o nó da gravata, fraque, flor enorme na lapela, calças de casimira preta com listinha de seda branca, chapéu preto, alto, mole, sapatos Clark, *pince-nez*.

Belo homem, Ramalho Ortigão, já adivinhou.

Um dos que o acompanhavam era um rapaz alto, cheio de corpo, alvo de cabelos castanho-claros, quase louros, ondeados, de bigode crespo, de lábio inferior coroado, úmido; um *causeur* adorável, que o mestre disse-me ter encontrado uma vez em Campinas, e a quem eu fui apresentada um dia destes, em uma festa de anos, Gaspar da Silva.

Ramalho entrou em conversas com um dos sócios da Casa Garraux: eu, fingindo que examinava um livro, prestei-lhe toda atenção. Apanhei, dissequei, analisei cada uma de suas palavras.

Voz agradável, bem timbrada; pronúncia distinta, corretíssima; sotaque alfacinha puro, estranho, muito estranho a ouvidos paulistas.

Ramalho Ortigão é incontestavelmente um homem de combate, um grande escritor. Eu, porém, não gosto dele. Acho-o trabalhado, limado, castigado demais; acho *qu'il pose pour toujours*. Não escreve como Garrett, vazando a alma no papel: calcula o efeito de cada palavra, de cada frase, como um jogador de xadrez calcula o alcance do movimento de cada peça. Nos seus escritos há notas, há quantidades constantes, que reaparecem fatalmente. Encontra-se sempre uma admiração exagerada por tudo quanto é vigor muscular, por tudo quanto é manifestação de força humana física. O estadulho, a bengala grossa são fato imprescindíveis das suas teorias de moralização social. Afeta pelo asseio, pelo cuidado do corpo um culto que chega a se tornar impertinente. Não perde ensejo em contar que se banhou, que se barbeou, que mudou a roupa branca. Tanto repete, tanto insiste, que até parece ter um secreto receio de que o não acreditem. Escreve ele um livro novo: os seus leitores habituais já lhe conhecem, já lhe esperam as *ficelles*. Há de falar por força nas malas, nos *apeiros* de toalete, nos desinfetantes, na abundância de cuecas e peúgas. Tem frases feitas, uma por exemplo – todos os seus estandartes, todas as suas bandeiras, todas as suas flâmulas, todos os seus galhardetes, estão sempre a palpitar gloriosamente, estão sempre a bater em palpitações gloriosas.

Os livros de Ramalho Ortigão são excelentes, não há negá-lo, quer pelo fundo, quer pela forma. Bom senso e correção de linguagem até ali: ensinam a pensar, e ensinam português.

O que eu não creio é que eles sejam um espelho, uma câmara escura para se estudar a individualidade do autor.

Entendo que não se pode ficar conhecendo a Ramalho Ortigão nem no em Paris, nem nas *Farpas,* nem na sua parte de *Mistério da Estrada de Cintra,* nem nas *Caldas e Praias,* nem nas *Impressões de Viagem,* nem na *Holanda,* nem no *John Bull*: melhor do que em tudo isso, fotografa-se ele nos seus depoimentos sobre a questão Vieira de Castro.

Seja como for, ontem foi para mim um grande dia: conheci um grande homem.

Agora, nós: o que mais de perto nos toca..."

Seguiam-se algumas linhas criptográficas, em uma cifra que Barbosa e Lenita tinham combinado, desde os primeiros tempos de convivência. Barbosa leu:

"Estou grávida de três meses mais ou menos.

Preciso de um pai oficial para nosso filho: *ora pater est is quem instae nuptiae demonstrant.*

Se tu fosses livre, fazíamos *justas* na igreja as nossas *nuptias* naturais, e tudo estava pronto. Mas tu és casado, e a lei de divórcio, aqui no Brasil não permite novo enlace: tive de procurar outro.

'Tive de procurar' é um modo de dizer: o outro deparou-se-me, ofereceu-se-me; eu me limitei a aceitá-lo e ainda impus-lhe condições.

É o Dr. Mendes Maia.

Ao chegar aqui, escrevi-lhe para a corte; ele veio imediatamente, tivemos uma conferência larga, eu fui franca, contei-lhe tudo e... e... e nós nos casamos amanhã, às 5 horas da madrugada.. Pelo trem do Norte, que parte às 6, seguimos para a corte, e da corte para a Europa no primeiro vapor.

Sei que te hás de lembrar sempre de mim, como eu sempre hei de lembrar de ti: *calembour* à parte, o que entre nós passou não se olvida.

Não me guardes rancor. Fomos um para o outro o que podíamos ter sido; nada mais, nada menos.

A criança, se for menino, chamar-se-á Manuel; se for menina, Manuela."

A carta ainda continuava.

Barbosa, lívido, com as feições horrivelmente contraídas, rasgou-a em dois movimentos, atirou-a em um lamaçal, onde, com gáudio infinito, chafurdavam alguns porcos.

– Rameira! Prostituta vil! – exclamou ele.

– Sabe você que mais? – perguntou-lhe o coronel, que se aproximava. A Lenita casa-se! Escreveu-me, participando.

– A mim também escreveu ela.

– Sim? E ela a dizer que se não queria casar... Fiem-se lá em mulheres! Aquela partida repentina não teve outra causa.

– Não teve, não, volveu Barbosa.

A tarde levou-a ele toda a pensar, a malucar só consigo.

À noite não fez injeção de morfina, passou em claro, nem sequer se deitou.

No dia seguinte, cedo, saiu, deu uma volta pelo pomar, foi à mata, chegou à cova, demorou-se a contemplar os destroços do reparo, as canas do milho que tinham nascido e morrido estioladas pela sombra, sem produzir. Viu ainda por entre as folhas secas algumas vértebras, algumas espinhas da cascavel.

Voltou, passou pela *fruiteira*, em cuja copa uma araponga serrava estridulosa.

Viu no chão uma pena de jacu, desbotada pela umidade, suja de barro.

Ergueu-se, contemplou-a muito tempo, deixou-a cair.

Voltou para casa, não quis almoçar, pediu um banho.

Despiu-se, entrou na banheira, deitou-se, revolveu-se com delícia, na água tépida, aromatizada com vinagre de Lubin.

Após muito tempo saiu, enxugou-se com esmero, calçou ceroulas de linho, passadas a ferro, cheirosas, frescas, muito macias.

Chamou dois pretos, mandou esvaziar, retirar a banheira.

Foi à mesa, tomou uma garrafa de vinho húngaro, doce, perfumoso, Rusti-Aszú; abriu-a, encheu um cálice, examinou de encontro à luz a transparência cor de topázio queimado do precioso líquido, cheirou-o, hauriu-lhe o buquê, bebeu-o como fino entendedor, aos golinhos, dando estalos com a língua.

Puxou uma gaveta, e dela tirou uma caixinha oblonga de charão: abriu-a. Havia dentro uma seringuinha de vidro, uma cápsula de porcelana, um escarificador de dez lâminas e um pequeno pote, esquisito, bojudo, de barro preto, arrolhado cuidadosamente com um batoque de madeira. Uma etiqueta em letras vermelhas sobre fundo amarelo denunciava-lhe o conteúdo. Barbosa dispôs tudo isso sobre o mármore do criado.

Tomou o escarificador, fê-lo funcionar. Nove das lâminas tinham sido quebradas de adrede: uma só estava intacta, e essa cortava como uma navalha.

Barbosa largou o escarificador, pegou no potinho, fez cair dele, na cápsula, uns grãos irregulares, escuros, com quebraduras lustrosas.

Era curare.

De sobre a mesa tirou um moringue, deitou na cápsula cerca de duas colheres de água, e, com o bico da seringa, foi agitando, fazendo com que se dissolvesse o terrível veneno.

Quando inspissou-se a solução, assumindo a cor carregada de café forte, Barbosa encheu com ela a seringa.

Tomou de novo o escarificador, engatilhou-o, aplicou-o sobre a face interna do antebraço esquerdo, premiu o botão.

Ouviu-se um estalo abafado.

Barbosa retirou o escarificador.

Um pequeno traço, fino como um cabelo, desenhava-se-lhe negro na alvura da cútis.

Uma gotazinha de sangue ressumou, marejou, redonda, rubro, brilhante, como um rubi.

Barbosa largou o escarificador e, a sorrir, sem empalidecer pegou, segurou a seringa entre o índice e o médio da mão direita, introduziu-lhe o bico afilado na cesura, meteu o polegar no anel da haste, calcou firme, empurrou com força o pistão. O excesso do líquido injetado espandanou, desenhando-lhe na brancura da pele como um aracnídeo sinistro.

Barbosa lançou no urinol o resto do conteúdo da cápsula, meteu-a com o potinho, com o escarificador, com a seringa na caixa de charão, escreveu em um bilhete de visita – Cuidado, que isto é veneno – pôs também o bilhete dentro, fechou a caixa, guardou-a na gaveta, foi ao lavatório, molhou uma toalha, limpou o braço, voltou para a cama, deitou-se de costas, ao comprido.

Passaram-se dois minutos.

Barbosa nada sentia, absolutamente nada.

Quis ver a cesura, tentou chegar o braço à altura dos olhos. Não pôde. O membro paralisado recusava-se à ordem do cérebro.

Tentou o mesmo com o braço direito, quis mover as pernas: igual impossibilidade.

Tentou sacudir a cabeça, fechar e abrir os olhos: sacudiu a cabeça, fechou e abriu os olhos.

Passaram-se mais alguns minutos.

Tentou de novo sacudir a cabeça, fechar e abrir os olhos. Impossível. A paralisia era já quase completa, quase total.

E não sofria dor, constrangimento de espécie alguma.

No terreiro abaixo, ao pé do engenho, os pretos estavam a malhar um resto de feijão que ficara de julho. Cantavam. A toada distante chegava a Barbosa, amortecida, em quebros suaves, como os das vozes angélicas de um *harmonium*. Do teto pendia uma jardineira de vidro com um *epidendron fragans*: Barbosa hauria com delícias os eflúvios embriagantes das flores da orquídea.

Na boca tinha ainda o ressaibo suave, quente do vinho húngaro generoso.

A um canto do forro, aranhas domésticas fabricavam suas teias: Barbosa distinguia-lhes bem os movimentos hábeis das pernas longas, esguias, nodosas, verdadeiros dedos de tísico.

Veio uma mosca, e pousou-lhe na face: com uma hiperestesia que chegava a ser um padecimento, ele sentia o prurido das patas do inseto. Quis enrugar a pele do rosto para afugentá-lo, não pôde.

E a percepção de tudo era clara, a inteligência perfeita.

Lembravam-lhe, acudiam-lhe de tropel à memória as metamorfoses mitológicas de homens, de mulheres em árvores, em rochedos.

O sonho extravagante da imaginação doentia dos poetas helenos era traduzido em realidade palpitante, era excedido no domínio dos fatos pela ação misteriosa do veneno americano.

– Oh, pensava Barbosa, não poder eu ditar a alguém o que em mim se está passando, descrever o gosto desta morte gradual, em que a vida esvai-se como um líquido que se escoa. Que sou eu neste momento? Uma inteligência que sente e quer, presa em um invólucro morto, cativa em um bloco inerte... O espírito, o conjunto das funções do cérebro, está vivo, dá ordens; o corpo está morto, não obedece. Tenho um pé na existência e outro no não-ser. Alguns minutos mais, e tudo estará acabado, sem sofrimento, sem dor... Já entrevejo o nirvana búdico, o repouso do aniquilamento...

– Manduca! Manduca!

Era a voz do pai que o chamava.

Barbosa ficou triste: queria responder e não podia.

– Teresa!

– Sinhô!

– Onde está Manduca? Você não o viu?

– Vi, meu sinhô. Ele está aí no quarto dele. Estava se banhando. Ainda há pouco Pedro e José saíram com a banheira.

– Que diabo, não responde... Só se está dormindo.

E o coronel dirigiu-se ao quarto, entrou.

Ao dar com o filho nu da cintura para cima, estendido de costas na cama, pálido, imóvel, olhos abertos, fixos, o coronel deu um salto.

– Manduca! Que é isso, Manduca?!

E agarrando, abraçando o filho, sacudia-o nervosamente.

O corpo de Barbosa, flácido, quente, cedia aos esforços do pai, como um cadáver antes da rigidez.

E o cérebro, ativo, lúcido, em exercício pleno de funções, vivia, compreendia, sentia, tinha vontade, queria falar, queria responder ao pai; mas já não tinha órgão, estava isolado do mundo.

– Meu filho morreu! Meu filho morreu! – bradou o coronel, e saiu desatinado, correndo com as mãos na cabeça.

A esses gritos deu-se um como milagre.

A velha entrevada firmou as mãos nas guardas da *chaise-longue*, fez um esforço supremo, ergueu-se, caiu de joelhos e começou a engatinhar para o quarto do filho, movendo as juntas quase anquilosadas de um modo que seria ridículo, se não fosse horroroso.

Em camisa, em uma seminudez indecente, escorregando pelo assoalho, às sacadas, aos solavancos, como um inseto mutilado, foi, chegou onde estava o filho, abeirou-se-lhe da cama, levantou-se; agarrou-se no colchão, guindou-se com dificuldade dolorosa, abraçou o corpo por sua vez, colocou-lhe nos lábios os seus lábios de velha, moles, franzidos, frios.

Aos beijos da mãe, beijos que não podia retribuir, Barbosa sentiu-se tomado de um sentimento estranho de uma ternura filial que nunca dantes conhecera.

Mãe! Pai!

Por que se não devotara com todas as suas poderosas faculdades a minorar os sofrimentos daquele casal de velhos, a suavizar-lhes as misérias da senectude?!

Descrente de amigos, descrente de amantes, descrente da esposa, ateu, farto do mundo, enjoado até de si, fora pedir aos gelos da ciência exclusivista a morte, a extinção dos últimos afetos.

Tornara-se egoísta, tornara-se cruel.

E tinha ainda o que lhe prendesse ao mundo: tinha pai, tinha mãe, tinha a quem se devotar, tinha para quem viver!

Que vingança cruel a da natureza!

Entregara-o de mãos atadas aos caprichos de uma mulher histérica que se lhe oferecera, que se lhe dera, como se teria oferecido, como se teria dado a qualquer outro, a um negro, a um escravo de roça, não por amor psíquico, mas para satisfazer a carne faminta...

Repleta, farta, essa mulher o abandonara.

Nas cinzas quase frias das suas crenças mortas ateara-se o lume do amor, o fogo da fé brilhara um momento, mas prestes se extinguira, e a escuridão voltara mais tétrica.

Lenita fora procurar e achara um homem vil que lhe vendia o nome para coberta do erro, que a aceitava por esposa, desonrada, grávida...

Grávida... Ela estava grávida, ele ia ser pai...

E ela fugia dele, levava-lhe o filho e ainda o ludibriava, descrevia-lhe em cínica missiva as suas observações de viajante, as suas impressões de artista! Fazia ainda mais, dava-lhe parte do seu enlace com o minotauro prévio e consciente, informava-o de que o seu filho, o filho dele, Barbosa, tinha de dar o nome augusto de pai a um homem sem brios, a um *chatim* refece de honra.

E ele morria, por amor dessa mulher, morria porque ela lhe quebrantara o caráter, morria porque ela o prendera nos liames da carne, morria porque sem ela a vida se lhe tornara impossível... Covarde!

O remorso personificado na figura lastimosa e quase hedionda de sua desgraçada mãe ali estava sobre ele, abraçando-o, devorando-o, bebendo-lhe os últimos alentos.

Oh! Ele queria viver!

E não era impossível.

Se houvesse quem entendesse de fisiologia, quem estabelecesse a respiração artificial, até que fosse completamente eliminado o veneno, arredar-se-ia a morte, a vida voltaria.

Mudassem as circunstâncias, outrem fosse o paciente, e Barbosa salvava-o.

Mas por si, para si, nada podia fazer: enclausurado no corpo, como o lepidóptero na crisálida, estava impotente, estava aniquilado: nem sequer lhe era concedido o consolo triste de pedir, de implorar o perdão da pobre mãe, da mísera entrevada, a quem a angústia curara em um momento.

A placidez da morte sem dor, da morte pela paralisia dos nervos motores, converteu-se em um suplício atroz, pavoroso, para cuja descrição não tem palavras a linguagem humana.

Morto e vivo!

Tudo morrera: só vivia o cérebro, só vivia a consciência e vivia para a tortura...

Por que não ter despedaçado o crânio com uma bala?

A paralisia invadiu os últimos redutos do organismo, o coração, os pulmões, sístole e diástole cessaram, a hematose deixou de se fazer. Um como véu abafou, escureceu a inteligência de Barbosa, e ele caiu de vez no sono profundo de que ninguém acorda.

AUTOR

Júlio César Ribeiro Vaughan, filólogo, jornalista e romancista, nasceu em Sabará (MG), em 16/4/1845, e faleceu em Santos (SP), em 1º/11/1890. Filho de George Washington Vaughan e Maria Francisca Ribeiro Vaughan, professora, dela recebeu a instrução primária. Após breve período em colégio mineiro, mudou-se, em 1862, para o Rio de Janeiro, indo estudar na Escola Militar, carreira que abandonou três anos mais tarde, para se dedicar ao jornalismo e ao magistério. Com sólida formação em latim, grego, línguas modernas e música, foi professor do Curso Anexo da Faculdade de Direito de São Paulo.

Proprietário e diretor de vários jornais, como *Sorocabano* (1870-72), em Sorocaba; *A Procelária* (1887) e *O Rebate* (1888), em São Paulo, colaborou com *O Estado de S. Paulo*, o *Diário Mercantil*, a *Gazeta de Campinas* e o *Almanaque de São Paulo*.

Na literatura, filiou-se ao Naturalismo. *A Carne* obteve grande sucesso e provocou acalorados debates. Taxado de "pedagogo atacado de delírio erótico", pelo crítico Agripino Grieco, Ribeiro respondeu a ele e a outros que o condenaram com uma série de artigos publicados em dezembro de 1888. Em sua defesa afirmou: "Das polêmicas que tenho ferido nem uma só foi provocada por mim: eu não sei atacar, eu só sei defender-me, eu só sei vingar-me.". Já para Ronald de Carvalho, "*A Carne* é um livro de *exaltação, um hino dionisíaco ao prazer. [...] Apesar [...] do exagero das paixões, da brutalidade das criaturas, [...] da grosseria da palavra e do gesto, notadamente violentos e estranhos, ásperos e pesados, há na Carne uma poesia instintiva, um penetrante perfume de selva exuberante e selvagem. É uma obra comprometida pelo tom geral e escandaloso e atrevido, mas onde, não se pode negar, sobressaem muitas qualidades apreciáveis e um forte lirismo.*".

Impressão e Acabamento
Gráfica Oceano